胸の頂きにもちゅっとキスを落とされて、史哉は甘いうめき声を上げる。

「あ……んっ」

左も右も散々舌先で弄ばれて、史哉は簡単に火を点けられた。

JN227507

イラスト／香雨

運命の砂丘《デューン》

秋山みち花

HYPER H

運命の砂丘《デューン》

1

予想を遥かに裏切って、近代的な明るい空港だった。

アラビア半島の小さな王国ファラサンは、国土の大部分が砂漠で覆われている。だが恵まれた地下資源のお陰で豊かな国なのだ。

辺鄙な場所にある小規模な空港だろうと、かってな想像を巡らせていた麻生史哉《あそうふみや》は、自分の思い違いに笑みを浮かべた。

しっかり空調の効いたロビーには多くのビジネスマンや観光客が行き交っている。スーツ姿の男たちはオイル関係の仕事。それにカジュアルな服装をしているのは、最近『夢の楽園』として脚光を浴び始めた高級リゾート、ファラサン王国で、長い休暇を楽しもうとする人々だろう。

地味な紺色のポロシャツにベージュのパンツを身に着け、細い黒縁の眼鏡をかけた史哉の目的は、そのどちらでもない。

入国審査を終えた史哉は、頭上の標識で手荷物の受け渡し場所を確認する。そして歩きだそうとしたところを、ふいに後ろから右腕をつかまれた。

「フミヤ・アソー、待ちなさい」

「なんでしょうか?」

馴れ馴れしく声をかけてきたイタリア人の男に、史哉は顔をしかめた。

ローマで乗り換えた便は乗客数が少なく、たまたま空いていたファーストクラスの席をまわしてもらえたのだが、その時隣り合わせたビジネスマンだ。黒のスーツを着た男は背が高く、三十代の半ばぐらい。ひと目でラテン系だとわかる、甘くてはっきりした顔つきだった。しかし史哉を見つめる目に粘着質なものがあって、なんとなく好きになれなかった相手だ。

語学が得意だった史哉は、機内で話しかけられた時ついイタリア語で返事をしてしまった。名前を訊かれてフルネームを教えたこともすぐに後悔したのだが、男はしきりに、ファラサン滞在中は一緒にすごさないかと、意味ありげな誘いをかけてくる。

史哉はもちろん断った。でもマウリツィオ・ベドーネと名乗った男はしつこくて、まだ後ろをつけてきていたのだ。しかも今回は部下らしい男たち数人にも取り囲まれてしまう。

「フミヤ、わたしのヴィラに滞在しないか? 山よりの場所にあって、いいところだぞ」

「マウリツィオさん、迎えの者が待ってますから、もう手を離して下さい」

「わたしはぜひ君を招待したいんだ」

史哉が何を言ってもマウリツィオには通じない。手を振りほどこうとしても、逆にしっかり引きよせられる。

百七十ちょっとの細身。顔立ちは整っている方だと言われるが、やぼったい眼鏡をかけ、今までおしゃれにも縁がなかった。平凡で、これといった取り柄もない自分のどこに、男に目をつけられる要素があったのか。

マウリツィオの執拗さに恐怖を覚えた史哉は、誰か助けてくれないかと視線を彷徨わせた。

その時、まるで願いを叶えるかのように、凛とした声が響いてくる。

「その人から手を離せ、ベドーネ」

マウリツィオの腕をねじ上げたのは背の高い男だった。

拘束されていた手が自由を取り戻し、史哉は大きく息をつく。

助けてくれた男はダークスーツにサングラス。精悍な顔立ちにやや長めの黒髪。

だが詳しく観察する暇もなく、マウリツィオの部下たちがいっせいに男に飛びかかる。

「何するんだ、てめぇ」

「ボスを離せ！」

いきなり始まった乱闘に、史哉は思わずあとずさった。今までの人生で、喧嘩に巻きこまれたことなど一度もない。どうしていいかもわからず立ちすくむ。

男はマウリツィオの腕を離さないまま、長い足で蹴りをくりだした。

「ぐう……っ」

「ううっ、くそっ」

うめき声と共に、どさどさっと次々に鈍い音を立てながら、屈強の男たちが床に転がっていく。

まるで映画のアクションシーンを見るような鮮やかさで、あっけなく勝負がついた。

「ベドーネ、ファラサンを訪れた客に不愉快な思いをさせるのは許さない」

男は息一つ乱さず、流暢なイタリア語でマウリツィオを脅した。

「ラシッド……くそっ」

マウリツィオは顔をしかめて悪態をついたが、抵抗できない状況に追いこまれている。

「おとなしくこの場を立ち去るか、それとも強制的に自分が生まれた島へ送り返されたいか、今すぐ選べ」

やり取りが交わされている間、史哉は息を詰めて男の様子を見守った。

濃い色のサングラスに遮られて瞳の色はわからない。マウリツィオをさらに上まわる背の高さ。癖のない長めの黒髪が彫りの深い端整な顔を縁取っている。圧倒的な存在感でその場を支配する男は、まるで王侯貴族のように毅然とした雰囲気を持っていた。

「覚えてろよ、ラシッド」

ようやく腕を解放されたマウリツィオは、使い古された台詞を残して去っていく。

「君、大丈夫か？」

張りのある魅惑的なクイーンズ・イングリッシュが耳に届き、史哉ははっと我に返った。

ラシッドと呼ばれた男は心配そうに長い腕を伸ばし、史哉の肩に手のひらを置く。触れられた場所から電流のようにびりっとした刺激が走り、史哉はすくみ上がった。

「どうした？　怪我でもしたのか？」

「あ、いいえ、違います」

史哉は慌てて首を左右に振る。

男はすぐに手を離したが、途中で何か不審でも覚えたように、じっと史哉の顔を見つめてきた。

びくびく過剰に反応したことに、呆れてしまったのだろうか。

サングラス越しに強い視線を感じ取って、頬が異常に熱くなる。

「ぼくが……何か？」

史哉が掠れた声で訊ねると、男はふっと口元をゆるめた。

「いや、なんでもない。わたしの勘違いだ。東洋人は皆同じような顔に見えるからな……怪我がないならもう行きなさい。こんなことで気分を害したりせず、ファラサンでの滞在を楽しんでくれ」

「はい……あの、ありがとうございま……」

男は手を上げて史哉の言葉を制し、さっときびすを返してしまう。一般用とは別の出口に向かった男は、そこで出迎えらしき大勢の人に囲まれながら、史哉の視界から消え失せた。

もしかすると、この国の要職に就いている人だったのかもしれない。マウリッツィオの一行を蹴散らした力からすれば、軍人か、それとも警察関係か……。

危ないところを助けてもらって嬉しかったと、もっときちんと伝えたかった。

それを残念に思いながら、史哉はターンテーブルから黒のキャリーケースを取り上げた。

曇りガラスの自動ドアを抜けると、派手なアロハシャツを着た双子の弟、和哉《かずや》が両手を上げて史哉を待ち受けている。

「史哉！　よくきてくれたな。フライトどうだった？」

「うん、途中でちょっとだけ揺れた」

明るめの髪に眼鏡なしで、少しだけ日に焼けた顔。久しぶりに会った弟は、長期旅行中にもかかわらず元気そうで、史哉はほっと息をつく。

「タクシー待たせてあるから早くホテルに行こう。今日ロンドンから皇太子が帰ってくるんだ。おれたちが一緒のところを見られたらまずい」

和哉は挨拶もそこそこに史哉の荷物を取り上げた。急かされた史哉はわけもわからず和哉のあとに続く。

空港ビルから一歩踏みだしたと同時に強い熱気に襲われた。さすがに照りつける太陽が眩しい。紫外線の強さからか、晴れ渡った空の色も、日本で見るよりずっと濃いように思える。

「外、めちゃくちゃ暑いな」

「そりゃ当然だろ。ここは熱砂の国だぞ」

「そっか……そうだよな」

和哉の一言で、史哉は改めて自分が遠い国にやってきたことを思い知らされる。そして漠然とした高揚感に包まれながら車に乗りこんだ。


空港から首都のサマイまで、タクシーはきれいに舗装された道路を走った。

「メールもらった時はびっくりしたよ。和哉は世界中を飛びまわってるし、いつかはこんな日がくるんじゃないかと思ってたけど、まさか熱砂の国で運命の人に出会うなんて」

「信じられないのはおれだって一緒。でも状況はすごく厳しい。詳しくはホテルに着いてから話すけど、史哉に協力してもらわないとどうしようもない」

和哉は座席に深く背中を預けてため息をつく。

「ぼくはいつだって無条件で和哉の味方だ。なんだって協力する。そのためにわざわざこんなところまできたんだからな」

「ん、頼りにしてるぜ、史哉」

いくぶん安心したような表情を見せた和哉に、史哉は静かに微笑み返した。

和哉とは一卵性双生児。二年前に大学を卒業するまでずっと一緒だった。

眼鏡とコンタクト、それにヘアスタイルや服の好みも違うせいで、周囲に与える印象は変わったが、今でも母親譲りの繊細な顔立ちや細めの体型はそっくりだ。

しかし双子といっても性格には大きな違いがある。

子供の頃、史哉たちは近所に住んでいたスイス人の老婦人から、外国語をいくつか同時に習っていた。幼く柔軟な頭でそれらを吸収したことがきっかけで、今では二人ともかなりの数の言語で会話ができるようになっている。でも外に出かけるより、世界史などの原書を読んでいる方が好きな史哉は、母校に併設している図書館の司書になった。しかし外向的な性格の和哉は、得意の語学力をフルに活かし、世界中を飛びまわる旅行ジャーナリストになっている。

その和哉から、緊急のメールが届いたのは三日前のことだ。

――今すぐファラサンにきて助けてほしい。

いつも楽しい報告ばかりよこす和哉なのに、こんな要請は珍しい。驚いた史哉は、ちょうど冬の休暇に入っていたこともあり、早急にチケットを手配して成田を発ってきたのだ。

タクシーは十五分ほどでサマイの街に入る。真っ青なアラビア海に面した市街地はいたるところに緑が溢れ、とてもここが熱砂に覆われた国だとは思えない光景だ。

「きれいな町だね」

「ファラサンは潤沢なオイルマネーをじゃんじゃんこのサマイに注ぎこんでるからな。ここ何年かで世界中から有名ホテルをいくつも誘致して、品のいい高級リゾートも造り上げた。お陰でヨーロッパ中の金持ちが押しよせてきて、さらに国庫が潤ってるらしい。治安もいいし、ほんとに楽園みたいなところだよ」

和哉の説明で、史哉はふとこの国を治める王家の人々に思いを馳せた。

いくらオイルマネーが潤沢でも、これだけ美しい都市を築き上げるのはさぞ大変だったことだろう。よほど優れた指導者がいなければなしえない偉業だと思う。

タクシーはほどなく海沿いの高級ホテルの一つに到着する。

「史哉、悪い。顔を見られないように、直接エレベーターホールに行ってくれよ」

和哉に言われるまま、史哉は持っていたハンカチで額の汗を拭う振りで顔を隠し、広いロビーをとおりすぎた。和哉はフロントで鍵を受け取ってすぐに追いついてくる。

部屋に入ってまもなく史哉のキャリーケースが運ばれてきたが、和哉はドアロでチップを渡しただけで早々にポーターを追い返した。

すべてが何か秘密めいている。

史哉は室内の様子を見渡しながら、黙って和哉の説明を待った。

壁紙は淡いコーラルピンク、カーテンとベッドカバーは紫がかったブルーと渋い黄色の組み合わせ。ベッドサイドのランプや鏡などのデザインも、どことなくアラビアンナイトの世界をイメージしたものになっている。広い窓からは真っ青なアラビア海が見えた。

「史哉、あのさ……」

しばらくしてぽつりと和哉が口を開く。史哉は窓に向けていた目をゆっくり背後へ移した。

「わざわざここまできてもらったのは、おれの身代わりを頼みたかったからなんだ」

「身代わり?」

史哉はさすがに驚いて訊き返した。

東京で受け取ったメールで、和哉が運命の恋に落ちたということはわかっている。あろうことか相手がファラサンの王女で、つき合いを猛反対されて大変だということも。

協力してほしいことがあると言われ、史哉は急いで旅支度を調えたのだが、それがまさか身代わりとは夢にも思わなかった。

「打開策は色々考えたんだ。でもどうしてもいい方法が見つからない。だから今すぐアーマヤを連れて逃げることにした」

「ちょっと待てよ和哉、いきなり駆け落ちするってこと？　いくらなんでもそれは無謀だろ。もっと他に穏やかな解決策は考えられないのか？」

たたみかけた史哉に、和哉は難しい顔で首を横に振る。

「アーマヤには生まれた時からの婚約者がいるんだ。今、国王夫妻はスイスで療養中で留守だから、アーマヤの兄さん、つまり皇太子がすべての実権を握ってる。おれはアーマヤとの結婚を許してもらおうと、何回も会見を申し入れた。だけど皇太子には、たったの一回、それもほんの一分ほどしか話を聞いてもらえなかった。もうすぐアーマヤの婚約者がファラサンにやってくる。これ以上のんびりはしてられないんだ」

和哉の目つきは真剣そのもので、痛いほどに気持ちが伝わってきた。

史哉よりずっと世間慣れしている和哉が最終的に選んだ方法だ。他にいい解決策を思いつかない以上、史哉にできることは限られている。

「わかったよ和哉……それでぼくは何をすればいい？」

言ったとたん、和哉の表情が明るくなる。勢いよく肩に抱きつかれて史哉は思わず苦笑した。

子供の頃、やんちゃだった和哉がしでかした悪戯を、いつも一緒になって謝っていた。二十四の大人になった今だって同じこと。和哉が苦境に陥っているなら共に立ち向かってやるだけだ。

窓際に置かれたソファに並んで腰を下ろし、詳しい計画を聞く。

「第三王子のサリムが味方になってくれる。サリムはおれたちと同じでアーマヤと双子なんだ。史哉は取りあえずおれになりすまして王宮に行ってくれ。隙を見てサリムとおれとでうまくアーマヤを連れだすから、史哉はそのまま知らん顔で王宮に残っててほしい。アーマヤの家出がおれとは関係ないと思われるように、時間稼ぎを頼みたいんだ。うまく国外へ出られたら、おれたちはすぐに結婚する。いくら皇太子が反対でも、結婚したあとじゃ何もできないだろ？」

さらりと告げられたのは途方もなく大胆なプランだ。

史哉は不安を感じたが、和哉はその後も熱心に必要な情報を伝えてくる。

和哉はスイスで第三王子のサリムと知り合ったそうだ。サリムはまだ十九歳の学生だったが、二人は短い間に意気投合した。そして和哉は、サリムに熱心に請われるままにファラサンへとやってきた。そこで運命の相手と恋に落ちることも知らずに――。

「じゃあ史哉、着ているものを交換しようか」

説明を終えた和哉がすくっと立ち上がる。

「了解だ」

史哉も短く答えてソファから腰を上げた。

一度引き受けたからには迷いはない。和哉の幸せのためならなんでも協力する気になっていた。

「髪の毛、おれの方が茶色っぽくなってるけど、スタイルを変えたとでも言えばなんとかなるな。問題は眼鏡か。相変わらずコンタクトはだめ？　最近の使い捨てはけっこう負担も少ないけど」

着ているものを取り替えながら、和哉がかすかに顔をしかめる。

「しばらくの間ならなんとかなると思う」

「悪いな史哉」

「そんなのいいよ。今さらだ」

和哉はふわりとした笑みを見せた。それからふいに史哉の眼鏡を取り上げて自分の顔にかける。

史哉は少しぼやけた視界で弟の姿を眺めた。

ワックスで軽く立たせていた髪をおとなしい形に撫でつけて、平凡な紺色のポロシャツを着た和哉は、ほんの少し前、ファラサンに到着した時の史哉そっくりになっている。

「子供の頃、よくこんな悪戯したよな？　父さんや母さんは、ぼくと和哉が入れ替わっても、全然引っかかってくれなかったけど」

「あの二人はだめだ。だけど普通の人間には見分けがつかないはずさ」

「和哉のためだし、仕方ないな」

和哉の派手なアロハシャツを着せられて、なんだか心許ない気分だったが、史哉は努めて明るい声を出した。

交換する荷物の説明をしたり、和哉から王宮の様子を聞いたりしているうちに、味方になってくれるというサリム王子が訪ねてくる。

「サリム、兄の史哉だ」

「うわ、ほんとにそっくりだ。どっちがカズヤかわかんないよ」

サリム王子はびっくりしたように、入れ替わった和哉と史哉を見比べた。

だが本当に驚いたのは史哉の方だ。

サリムの髪は、この国の人間にしては珍しく金褐色だったのだ。身長は史哉たちとあまり変わらず、カジュアルな白のスーツ姿。品よく整った顔立ちにブルーの瞳が印象的な王子は、熱砂の国ではなく、ヨーロッパあたりの貴族の子息と言われた方が合っている。

「じゃあ、サリム、兄貴をよろしくな。アーマヤがいなくなったら、真っ先におれの身代わりをする兄貴が疑われる。すべてうまくいって無事に帰国できるまで、フォローー頼むわ」

「フミヤのことはまかせといて。カズヤも、アーマヤはぼくが責任持って王宮から連れだすから、きっと幸せにしてやってね」

和哉とサリムは軽く抱き合って、別れを惜しんでいる。

見知らぬ国の王宮で、和哉の身代わりを演じる――。

不安は尽きない。それでも史哉は黙って二人の様子を見守った。

ファラサン王家の象徴である鷹の紋章が入った黒塗りのリムジンは、ゆるやかに滑るように街中を進んでいく。

王宮からの正式な出迎えとあって、史哉はかなり緊張していた。日本のごく普通の家庭で生まれ育ち、司書として平凡で地味な生活を送ってきた史哉にとって、一生縁がないはずの世界に足を踏み入れようとしているのだ。

「フミヤ、ぼくの髪、そんなに珍しい？」

軽い調子で咎められ、史哉は初めて自分がまじまじと無遠慮にサリム王子の顔を見つめていたことに気がついた。

「ごめん……スーツ姿のせいかな。なんだかファラサンの人だとは信じられない感じで」

「ぼくとアーマヤの母はイギリス人なんだよ。だから上の兄二人とは外見がかなり違ってる。それにアラブ風のカンドーラって服、もさもさしててあまり好きじゃないし」

王族であるにもかかわらず、そんなことを言ってのけたサリムには、少しも堅苦しいところがない。会ってすぐに意気投合したという和哉の言葉も、なるほどなと納得がいく。

お陰で史哉も緊張が解けて、窓の景色を楽しむ余裕を取り戻す。

ファラサンの首都サマイは、近代的なオフィスビル群と古い歴史ある建物が混在する街だった。中央部には小型船の行き交う運河があって、公園も多く、ところどころに白いモスクの屋根と尖塔が見える。

賑やかな通りを歩く人々は色々な格好をしていた。カジュアルなリゾートウェア姿は観光客だろうが、地元の人たちが着ている民族衣装にもいくつか種類があって、白や黒の単色、鮮やかな原色、それにカラフルな布だけを頭に巻いている者など様々だ。

リムジンはさほど時間をかけずに市街地を抜け、王宮のある小高い丘へ到着した。

黒塗りの鉄柵に真鍮の複雑な装飾が施された、厳めしい門をとおり抜け、さらに長い距離を進んでいく。両側に広がる手入れの行き届いた庭園には緑が溢れ、色とりどりの花が咲き誇っていた。

華麗な王宮が眼前に姿を現した瞬間、史哉は感嘆の声を上げた。

「すごい……なんて立派な……ここに住んでる人がいるなんて、信じられない」

「半分は公務で使ってるんだ。でも無駄に大きいことだけは確か。部屋から部屋への移動が大変で、時々車がほしくなる」

サリムは冗談ぽく言ったけれど、史哉の視線は壮麗な建物に釘づけになる。

白亜の美しい宮殿は一見するとヨーロッパあたりにある城といった印象を受ける。しかし屋根にはやわらかいブルーグレーで彩色された半円状のドームが載っており、白い壁に埋めこまれたモザイク模様の飾りも見事なもの。西洋と中東の優れたデザインがバランスよく混じり合っている。

そのうえ驚いたことに、リムジンは正面の扉からそのまま建物の中へと入っていく。

アーチ型の通路をとおり抜けたところは広い中庭だった。左右に大きな噴水があって、惜しげもなく水を噴き上げている。

車は突き当たりにあったもう一つの玄関に横づけされた。

とてつもない規模の王宮だが、きっとこの奥まった場所が居住用のスペースなのだろう。

「お帰りなさいませ、サリム殿下、それにカズヤ様」

「ただいま、ハサン」

車から降りた王子と史哉を出迎えたのは、びしりと糊を利かせた真っ白な民族衣装、カンドーラに身を包んだ侍従だった。褐色の肌に濃い口髭、五十代とおぼしきハサンを筆頭に、ずらりと並んだ使用人から恭しい歓迎を受けて、史哉は未知の世界へと足を踏み入れる。

王宮の内部も豪奢の一言に尽きた。大理石の床には立派な絨毯が敷きつめられ、ドーム型の高い天井や窓枠には凝った装飾が施されている。

サリム自身が案内してくれた客室でも、史哉は興奮を抑えきれなかった。広々した部屋はホテルのスイートルームなどより遥かに豪華で、天蓋つきのベッドまで据えられているのだ。それに室内にはいたるところに生花が飾られ、いい香りが満ちている。

「カズヤの荷物はそこのクローゼットに入っているはずだ」

サリムは付き従っていた使用人を下がらせ、気軽に声をかけてくる。

指差されたのは繊細な浮き彫りのある衣装箪笥。とても家具とは思えないぐらいに大きくて立派なものだ。

何もかもが桁外れで、思わずため息が出てしまう。

ファラサンに到着してから目まぐるしい展開が続いた。軽い疲労を覚えた史哉は、部屋の中央に置かれたカウチに目を向けた。上にはカラフルな布に包まれたクッションがたくさん載せられ、とても座り心地がよさそうだ。

史哉は誘われるようにそのカウチに腰を下ろした。

「日本から長いフライトで疲れてるよね？　今日の夕食は家族揃って取ることになるけど、それまでここでゆっくり休むといいよ」

「ありがとう。でも、ぼくも王家の人たちと一緒に食事をするの？　大丈夫かな？」

史哉が反射的に訊き返すと、サリムは小さく肩をすくめる。

「今日ロンドンから長兄のラシッドが戻ってきたんだ。たまには家族揃って食事をするとか言ってるから」

史哉は持ちだされた名前にどきりとなった。

脳裏によみがえったのは精悍な面影だ。空港で助けてくれたラシッドにも、まわりの者をいっぺんに従わせてしまう威圧感があった。皇太子は今日ロンドンから帰ったばかりで……。

まさか、な……。

「ラシッドって……皇太子殿下？」

「ラシッド・イブン・ファハド・アル・ファラサン、一番上の兄さ。まだ二十九のくせして偉そうなんだ。普段から公務だビジネスだと、やたら忙しがってるのに、父が不在のせいで今は家族のことにまでうるさくてさ……あ、でもカズヤとアーマヤの件は、頭からだめの一点張りで話を聞こうともしなかったから、身代わりはばれやしないと思う。よけいな心配しなくていいからね」

サリムはかわいい顔を思いきりしかめていた。けれど突き放したような言い方の裏には、兄への畏敬の念が溢れているように思う。

ラシッドは特別珍しい名前じゃない。きっとただの偶然だろう。とにかく史哉には、今夜の夕食を無事に切り抜けられるかどうかの方が重要な問題だった。

夕刻――。

和哉が残していったグレーのスーツを着た史哉は、迎えにきたハサンの案内で、見事な模様の絨毯が敷きつめられた回廊を進んだ。

「こちらがファラサン王家のご家族用ダイニングでございます。すぐに何かお飲物をお持ちするよう申しつけましょう」

重厚な扉を開けたあと、ハサンは軽く頭を下げて後ろに下がる。

家族用とはいえ、広い部屋はすばらしく豪華で、高い天井にはクリスタルのシャンデリア、まわりにはアンティークな調度が据えられている。王宮が丘の上に建っているせいで、アーチ型の窓からは刻々と色を変えていくアラビア海が一望できた。

奥から白いタキシード姿のサリム王子が近づいてきて、あたりに控えている使用人には聞こえないような小声で話しかけてくる。

「少しは部屋でゆっくりできた？　疲れてない？」

「大丈夫だよ。心配してくれてありがとう」

王家の食卓に招かれるなど、史哉には青天の霹靂に近い出来事だ。緊張で体はがちがちだったが、サリムによけいな負担をかけないようにと笑みを浮かべる。

横からさりげなく飲み物を並べたトレイが差しだされ、史哉はミネラルウォーターの入ったグラスを選んで持ち上げた。

「フミヤ、ラシッドとアーマヤがきた」

喉を潤したところで再びサリムに耳打ちされ、史哉は背後を振り返った。

ゆったりした足取りでカンドーラ姿の男がダイニングに入ってくる。

精悍な顔に目を止めた瞬間、史哉は息をのんだ。

うそだ……。

服装が違う。今はサングラスもない。でも男はまぎれもなく空港で出会ったラシッドだ。

彼がファラサン王国の皇太子？

こんな偶然があっていいのか。彼にはファラサンに到着したばかりの姿を見られているのに。

でも落ちつけ……ここで顔色を変えたらよけい怪しまれる。

史哉は強ばった顔に無理やり笑みを作った。そしてしっかり腰を折って、きれいなクイーンズ・イングリッシュで声をかける。

「皇太子殿下、再びお目にかかれて光栄です」

挨拶を終えて顔を上げると、皇太子の男らしい眉が怪訝そうにひそめられる。

「カズヤ……だったな？」

訝しげに訊ねる声は、やはり空港で聞いたのと同じ魅惑的なクイーンズ・イングリッシュだ。

「はい。和哉……麻生です、皇太子殿下」

皇太子は鋭く探るような視線を向けてきた。

きっと空港でのことを思いだしているのだ。

恐怖で足がすくみ、グラスも取り落としてしまいそうになるが、史哉は必死に平静を保った。

大丈夫。あの時は眼鏡をかけていたし、日本人の顔は皆同じようにしか見えないはずだ。万が一空港でのことを訊かれても、知らないと言い張ればいい。

覚悟を決めた史哉は真っ直ぐに長身の皇太子を見つめ返した。

「君はここで何をしているのだ?」

「サリム王子にご招待いただきました」

「そうか、確かスイスからサリムについてきたという話だったな……ところで今日一日、君はどこで何をしていた?」

いよいよ危険な問いだった。水を飲んだばかりなのに喉がからからにひりつく。

「今日は一日中サリム王子と一緒でした」

辛うじて答えを返すと、皇太子はかすかに片眉を上げる。

「君がまだサマイにいたとは驚きだ。アーマヤに会うのは禁じておいたはずだが?」

皮肉っぽい問いかけをされて、史哉は逆にほっと胸を撫で下ろした。

皇太子は、和哉と史哉が入れ替わったことに気づかなかったのだ。

「ラシッド、カズヤはぼくの友だちだ。ぼくが無理を言ってファラサンに招待したんだ。失礼なこと言わないでよ」

横からサリムが不満げな声を出す。

皇太子はちらりと弟王子の様子を眺め、そのあと再び史哉の方に向き直った。

「では改めて訊ねよう。カズヤ、サマイでの滞在を楽しんでくれているか？」

表情はまだ厳しいままだ。それでもサリムの言い分を認めてか、皮肉な調子はなくなっている。

「皇太子殿下、ぼくはサマイでの毎日を、心から楽しませてもらってます」

「君がサリムの友人としてここに滞在しているならば、堅苦しい尊称はなしでいい。わたしの名はラシッドだ」

「……はい」

握手を求めて右手が差しだされ、史哉もそっと手を伸ばす。

指先が触れたとたん、びくっと感電したような刺激が伝わる。空港で出会った時も、何故だか体がかってに反応した。史哉は手を引っこめてしまいたくなるのを懸命に堪えて握手を交わした。

「お兄様、そろそろお食事を始めていただけませんか？　わたくしお腹が空きましたわ」

緊張を和らげてくれたのは、のんびりとしたアーマヤ王女の声だった。

「アーマヤ、はしたないぞ」

史哉の手を離したラシッドはふっと笑顔になり、いかにも愛しそうに妹を見る。

背後に控えていたハサンから鄭重に席を勧められ、史哉はほっと息を吐いて真っ白なクロスのかかったテーブルについた。

ラシッドの合図で壁際に控えていた使用人がきびきびと動きだす。

テーブルには磨きこまれた銀のカトラリーや優美なグラス類がずらりと並び、瑞々しい花も飾られている。そこへ揃いのタキシードを着た何人もの給仕たちが次々と料理の皿を運んできた。

アラビア海に面したファラサンらしく、新鮮な魚介類をふんだんに使ったオードブルに、絶妙な味つけをされた海老のスープ。そのあと表面をぱりっと焼いて香草を添えた白身の魚が続く。

なんとか第一関門をクリアして気持ちに余裕のできた史哉は、向かい合わせになった王女の顔をこっそり観察した。

シンプルな白のドレスに身を包んだアーマヤは本当にきれいな女性だった。サリムと同じ金褐色の髪を肩まで伸ばし、控えめに受け答えする様子はとても感じがいい。

和哉が惹かれた理由がよくわかって、史哉は思わず微笑みかけた。するとアーマヤの隣に座ったラシッドから、すぐに咎めるような眼差しを向けられる。

本当は疑われないよう横を向いていた方がいい。なのにそのまま視線が外せなくなってしまう。

空港ではサングラスに遮られていた瞳は真っ青で、まるで空から見たアラビア海のように澄んでいる。サリムやアーマヤから感じるやわらかさはどこにもなく、精悍で整った顔には、施政者としての力強い意志が張っているようだ。

この眼差しの下で隠し事をするのは難しいだろう。少しでも気を抜くと、簡単に秘密が暴かれてしまうに違いない。再び押し寄せた強いプレッシャーで、どうしてもナイフとフォークの使い方がぎこちなくなる。紋章付きの皿に盛られた料理はどれも繊細な味つけがされていたが、それを楽しむ余裕はまったくなくなった。

とにかくこのまま何事もなく食事が終わってくれれば……。

史哉が心からそう願っていた時だ。

「カズヤ、わたしはずっと客人の歓待を怠っていたようだ。埋め合わせに、明日はわたしがどこか君の好きな場所を案内しよう。サリムの遊び相手になっていたなら、どうせビーチと市場《スーク》にしか行ってないだろう?」

「あの……それは」

思わぬ提案に史哉はぎくりとなった。

一緒に出かけるなど問題外だ。長時間顔を合わせていれば、いつ正体がばれるとも限らない。

史哉の動揺に気づき、横からサリムが慌て気味に口を挟んでくる。

「ラシッド、カズヤはぼくが街中案内したから大丈夫だよ」

「おまえはいったい、サマイのどことどこを案内したのだ？」

「ええと、スークと……ビーチ……」

兄から厳然と問いつめられたサリムは、徐々に声を小さくした。

いっぺんに元気をなくした弟王子と史哉を見比べて、ラシッドはふっと口元をゆるめる。

サリムと遊びまわっているのでは子供と同じ。アーマヤに求婚する資格などない。言外にそう匂わされている感じがして、史哉は唇を噛みしめた。

「君はファラサンのどこに興味がある？」

「あ……砂漠に」

さりげなく問われ、深く考えるでもなく正直な答えを返す。

「砂漠の何に興味がある？　ラクダにでも乗りたいのか？」

明らかにおもしろがっている口振りに、史哉は思わずむっとなった。

「ラクダにも興味はあります。でもファラサンは歴史のある国でしょう？　それこそ世界で一番古い文明がはぐくまれた場所の一部で……だけど砂漠化が進んで遺跡は全部砂に埋もれてしまったって……あ、あの……だから砂漠にはまだ遺跡が埋まってるんですよね？　それで、砂漠には何か夢があるような気がして……」

始めは威勢よく言ったものの、最後の方は歯切れが悪くなる。

これではラクダに興味を持つのと少しも変わらない子供っぽさだ。歴史書を読むのが好きだったせいで、ついよけいなことまでしゃべってしまった。後悔しても今さら取り返しはつかない。

ふと気づくと、ラシッドの端整な顔には、いつの間にか笑みが浮かんでいた。

口元がほころんでいるのを目にしたとたん、何故だか心臓がどきどきと高鳴ってくる。

「では明日、砂漠に案内しよう。サマイから少し遠くなるが、君の希望にぴったりの場所がある。ところで君は乗馬はできるのか？」

「いいえ」

史哉がゆっくり首を横に振ると、ラシッドは一瞬残念そうな表情になった。

「それなら車で砂漠ツアーだ。サリム、おまえも一緒にくるか？」

「あ、ぼくは明日、他の用がある」

フォロー役のサリムが、あっさり断り文句を口にしたので、史哉は焦った。

「では明朝早くに出かけるから、カズヤだけ準備をしておきなさい」

口調はやわらかいが、これは明らかに命令だ。

サリムがいないのに、ラシッドと一緒に砂漠へ行くのはあまりにも無謀だ。

史哉はますます焦りを覚え、なんとか申し出を断ろうと口を開いた。

「あの、公務でお忙しいのに、ぼくのことでお手を煩わせるのは申し訳ないですから」

「わたしはロンドンで学位を取って以来、ずっと父を補佐して国政にかかわってきた。わたしが一日ぐらい不在でも、今のファラサンならびくともしない。国王が留守の間、我がファラサン王家の客人をもてなすのはわたしの役目でもある」

史哉の願いは重々しい言葉で却下され、明日の砂漠行きは決定となってしまう。とてもただの親切だとは思えない。ラシッドにとって、大事な妹に言いよる和哉は排除すべき対象だ。砂漠行きのねらいはいったいどこにあるのだろうか？

いくら真意を探ろうとしても、ゆったり食事を続けるラシッドの表情からは何も読み取れない。

和哉の問題さえなければ、憧れの砂漠に行けるのはどんなに嬉しいことか。でも史哉にはこのままラシッドを騙し続けていられる自信がなかった。

どういうわけか、サリムは少しも不安そうな様子を見せず、アーマヤからも励ますように微笑まれてしまう。

史哉はこっそりため息を漏らした。

結局明日の砂漠行きは、自分の力で切り抜けるしかないのだ。

食事が終わったあと、史哉はサリムと一緒に与えられた客室へと戻った。

「フミヤ、絶好のチャンスだよ」

「え？」

「ラシッドは完全に君をカズヤだと思ってる。明日フミヤが砂漠に行ってる間にアーマヤを連れだすよ。君がラシッドの注意を引きつけて時間稼ぎをしてくれれば、絶対に成功するから」

サリムは興奮気味に青い目を輝かせ、金褐色の髪を揺らしている。砂漠行きを断ったのは、これを企んでいたせいだったのだ。

ラシッドとは母親違いということだが、これほど似ていない兄弟も珍しいだろう。ラシッドの前では萎縮するばかりの史哉だが、サリムはかわいい弟のようにも思えて自然と心がなごんでくる。

「わかったよサリム、なんとか頑張ってみる。カズヤには充分に気をつけてと伝言頼むよ」

史哉は胸に巣くう不安を押しのけて、サリムにそう答えた。


翌朝早く、ラシッドが自ら車を運転するつもりなのを知って、史哉は目を丸くした。

中庭にある車よせには数多くの従者が並んでいた。でもイギリスの４ＷＤ車、白のレンジ・ローバーに乗りこんだのは、カンドーラ姿のラシッド一人だったのだ。

「あの、殿下……おつきの方は？」

助手席に収まった史哉は恐る恐る問いかけた。

「君はサリムが招待した我が家の客だ。人の手を借りずにもてなすことに不都合はない。それとわたしの名前はラシッドだ」

「でも、殿下」

「ラシッドだ。いいな?」

重々しく命じる精悍な顔を見て、史哉はこくりと頷く。

名前で呼ぶことを強制したラシッドは、満足げに口元をゆるめてエンジンをかけた。

市街地を抜けて砂漠に入る直前、スタック防止にタイヤの空気圧を下げる時も、ラシッドは自らの手を汚して作業にあたる。大勢の使用人に傅《かしず》かれている姿を見たあとでは違和感ばかり覚えるが、よくよく考えてみれば、ラシッドは空港でも誰の力に頼るでもなく史哉を助けてくれたのだ。

身代わりがばれないかと、肩にかなり力が入っていた。しかし手際よくタイヤの空気を抜いていく逞しい背中を見ていると、申し訳ない気分にもなってくる。

作業を終えたラシッドが再び運転席に戻り、いよいよ二人だけの砂漠ツアーが始まる。

「ここら辺からルブ・アル・ハリと呼ばれる砂漠が始まっている。天地創造で、神は世界を空と海と陸に分けた。その時にできた、空白の四分の一という意味だ」

史哉は息をのんで雄大な景色を眺めた。

雲一つない青空の下、伝説の砂丘はどこまでも続いていた。

砂、また砂――なだらかな起伏がうねうねと続く砂丘には、微妙な形の風紋ができている。道もなく、目印さえもない丘なのに、ラシッドはしっかり行き先を心得ているようで、砂地に残されたかすかな轍《わだち》の跡だけを頼りに車を走らせる。

乾いた大地は一面が淡いコーラルピンク色。その中に時折ぽつんぽつんと灌木《かんぼく》が生えているのが見える。

千年ほど前まではこの砂漠にも緑があったという話だ。これはその名残なのだろうか。

「こんな砂漠で、すごい生命力ですね」

「ファラサンで雨が降ることは滅多にないが、確かに灌木は貪欲に生きているな。ところでカズヤ、この砂丘の地中深くに大きな水脈があるのを知っているか?」

「えっ、地下に水脈ですか? この砂丘の下に?」

驚いた史哉に、ラシッドは運転中にもかかわらず、ちらりと横を向いて笑みを見せる。

「地表に降った雨は全部熱気で蒸発してしまう。しかし地中深く染みこんだ水が溜まっている場所があるのだ。砂漠にあるオアシスのいくつかは、今でもその地下の水脈に繋がっている」

「そうなんですか……とても信じられない感じだけど」

興味を持った史哉は、その後も砂漠や水脈について色々なことを訊ねた。ラシッドはどんな些細な質問もうるさがらず、丁寧に答えを返してくれる。

そのうちに史哉は自分の立場を忘れ、純粋にこの砂漠ツアーを楽しみ始めていた。

「右手に見えるのがルーリの遺跡だ」

幾重にも重なっている丘は皆同じように見えたが、ラシッドの言った方角にあるものは確かに稜線の形が違う。間近までくると、砂の中からごつごつした岩と石の塊が頭を覗かせているのがはっきりする。

史哉は車から降り、ラシッドに案内されながら遺跡を巡った。

古い城塞の跡だ。外敵を阻むための城壁と住居の屋根。岩には壁画も描かれている。遺跡の規模はかなり大きくて、ここが大きな街だったことが窺えた。

「これは何年ぐらい前のものですか?」

「さほど古くはない。紀元前三世紀ぐらいのものだ」

「そんなに昔の……」

「ファラサンは小さな国だが、メソポタミアの時代から重要な交易路として栄えてきたからな」

古い文明が起こったばかりの頃から、この地には人が溢れていた……。

それはとても胸を踊らされる想像だった。

「この砂漠はほんの千年ほど前までは緑の草原《ステップ》だった。そして行路はいつの時代も大切に守られてきた。残念ながら今はすべてが砂に埋もれているが」

じりじりと照りつける眩しい光の中で、史哉は傍らに立つラシッドを見上げた。自分より頭一つ背が高い男は、じっと城塞の跡を見つめ、深い声でファラサンの歴史を語る。ラシッドからはファラサンへの強い愛情が伝わってきた。

「砂がすべてを覆い尽くすんですね」

「砂漠には他にもまだたくさん遺跡がある。南にあるアトーラの遺跡群では、今も盛んに発掘が行われているが、砂はそれさえも浸食していく。人間がいくら掘り返しても、それを上まわる勢いで砂が積もっているのだ。悲しいことだが、形あるものはいつか壊れる。サマイもいつかはこの廃墟のように、なくなってしまうかもしれないな」

「でもサマイの繁栄はあんなに立派な都市なのに」

「サマイの繁栄は砂漠の地下に眠る富によって支えられているにすぎない。だが地下資源もいつかは尽きる日がくる」

史哉は、ラシッドの焦燥を敏感に感じ取った。

砂漠化の進行はファラサンにとって深刻な問題なのだろう。それをくい止めるにはきっと莫大な資金がかかるのだ。そしてラシッドは、サマイの繁栄が石油のみに頼っていることを、悲しく思っている……。

灼けつくような日差しの下、時折熱風が吹いて砂塵が舞い上がる。遠く何千年も昔から、この太陽が大地を焦がしてきたのだ。緑を根こそぎ奪い尽くしてしまうほどの勢いで。

今は低い灌木が疎《まば》らに生えているだけで、大地は乾ききっている。水がありそうな気配すらない。だがラシッドの言うように、地下に大きな水脈があるとすれば、もしかしたらいつの日か、この荒れた土地が緑に還ることだってあるのかもしれない……。

史哉はそんなことを考えながら遺跡を歩きまわった。積み上げられた石に両手で触れて形を確かめ、刻みこまれた紋様に指先を滑らせる。

「カズヤ、あまり太陽にあたっているとよくない。君の肌では耐えられないだろう。脱水症にならないように取りあえずこれを飲みなさい」

ふと見上げると、ミネラルウォーターのペットボトルを手にしたラシッドがそばに立っていた。

真夏に比べ冬の日差しはかなり穏やかなものだというが、それでも肌を射す光は厳しい。

ラシッドの着ているカンドーラは、ズボンの上から長袖のワンピースを重ねたようなデザインで、一見暑苦しく見えるが、実は熱砂の気候に一番相応しい衣装だ。頭に被り黒のリングで押さえてある布、カフィーヤも、強い太陽を避けるためのもの。風通しのいい開襟の半袖シャツを着た史哉の方が、肌を剥きだしにしているせいで紫外線にやられやすい。

「ありがとうございます……ラシッド」

優しく気遣われたことが嬉しくて、小さく名前を呼んでみた。

ふわりとした笑みを返されると、とたんに心臓がどきりと音を立て、頬もかあっと熱くなる。

史哉は慌てて冷えたペットボトルを火照った頬に押しつけた。それからごくごく喉を鳴らして一気に水を飲む。

「カズヤ、この砂丘には潤沢な水脈が隠されていると言っただろう。君が今飲んでいるのも」

ラシッドの言葉で、史哉ははっと手にしたペットボトルに視線を落とした。英文字とアラビア文字両方で名前が書かれたボトルには、オアシスの風景がデザインされている。

「この水が水脈の？」

「同じ水脈でも、もっと海よりの場所から汲み上げたものだ」

「すごく、美味しかったです」

「その水は、油田より遥かに貴重な我が国の宝だ。このルーリでも石油が出ることがわかっている。だがここには巨大な水脈も眠っている。わたしは今、その地下水脈から水を汲み上げて、この砂丘を緑豊かな大地に変える計画を立てている」

「砂漠の緑地化ですね？」

「そうだ。風の浸食で砂漠ができて、それが徐々に拡がっている。だがこの地が緑に覆われたところを想像してみてくれ」

壮大な夢だった。

遺跡を囲んだ岩肌や、どこまでも続く砂丘が、全部濃い緑に覆われた光景が目に浮かぶ。

ラシッドは本当にファラサンを愛している。熱い思いは史哉の心を強く揺さぶった。

和哉の結婚を反対するこの男は敵のような存在だ。でも史哉はどうしようもなくラシッドに気持ちが引きつけられていくのを感じていた。

マウリツィオをねじ伏せた力強さや毅然とした態度。真摯な青い瞳に壮大な夢を語る唇も。ラシッドのすべてに惹かれてしまう。

「カズヤ、わたしは君を誤解していたようだ」

「誤解?」

「君はスイスからのこのことサリムについてきた。だから旅先で偶然王族と知り合ったことで、浮かれて調子に乗っているだけだと思っていたが、違うようだな」

「……」

「誤解していたことは謝ろう。砂漠に連れてきたのはサリムの兄としての義務からだったが、今はわたし自身も心から君を歓待すると約束しよう。アーマヤのことを許すわけにはいかない。だが君は我が王家の大事なお客だ。好きなだけファラサンに滞在してくれ」

史哉は言葉もなくラシッドを見上げた。

信頼を得たことは純粋に嬉しいが、同時に罪の意識にもとらわれてしまう。

ラシッドは、厳しかった昨夜とは打って変わって穏やかな雰囲気をまとっている。

史哉は良心の呵責で唇を震わせた。でもラシッドは何も気づかない様子で、岩陰に停めたレンジ・ローバーへと戻っていく。

遺跡を出発した車はオアシスの村に向かった。そして小さなレストランでアラビア料理を満喫したり、ラクダに乗せてもらったりして午後の時間をすごす。

心に負担を感じていた史哉だが、宣言されたとおり心からの歓待を受けるうちに、またこのツアーを楽しむことができるようになっていた。すべてはラシッドが完璧なホスト役に徹してくれたお陰だった。

夕刻――。

ラシッドは再び砂丘の真ん中で車を停めた。

「うわ、すごい！」

史哉は思わず歓声を上げ、ドアを開けるのももどかしく、子供のように外へ飛びだす。

西の丘にゆっくりと沈んでいく太陽があった。

朱色のやわらかい光に照らされた砂丘の、なんときれいだったことか……。

砂の上に残された風紋の夕日を反射する朱色の部分と、暗い影とが、砂丘のうねりに合わせて見事な模様になり、そこら中を埋め尽くしていた。

「きれいだ……」

大自然が与えてくれた感動に、史哉はため息混じりで呟いた。

「満足したか？」

深い声が耳に届き、史哉はゆっくり振り返る。

「こんなにきれいな景色を見たのは、生まれて初めてです」

「君が喜んでくれたなら、わたしも満足だ」

そう言ったラシッドは、思ったよりもずっと史哉の近くに立っていた。

燃えるような夕日が端整な顔に陰影を作っている。精緻な彫像のように彫りが深く、威厳のある面差し。光の加減で神秘的な青さを増した瞳がじっと史哉を見つめている。

この人にうそをついている……！

急にせり上がってきた罪悪感で、きりきりと胸が痛んだ。

耐えきれずにまぶたを伏せた瞬間、ふいに両肩を引きよせられる。そして史哉は大きな胸に抱きしめられた。

「なに……んんっ」

顎にラシッドの指がかかり、上向けられたと同時に、唇に温かい感触を感じる。

史哉は驚きで目を見開いた。

ラシッドにキスされている。

とっさには逆らうことさえ思いつかず、史哉はただ呆然とラシッドのキスを受け入れた。何度か
そっと唇を押しつけられたあとで、するりと舌先までが口中に忍びこむ。

決して無理強いされているわけじゃない。でも強引な口づけだった。

痺れるほど舌を絡められて、隅々まで貪り尽くされる。

こんなキスを受け入れちゃだめだ。ぼくは和哉の身代わりで、和哉はアーマヤを愛している……

それにラシッドを騙している自分には、このキスに応える資格もない。

必死に考えようとしても、熱く絡み合った舌が徐々に理性を奪っていく。

キスはとろけるように甘くて気持ちがよかった。抱きしめられた体が熱を帯び、官能的なキスに
酔わされる。

「ん……ふっ」

口づけから解放された刹那、体中から力が抜けた史哉はがっくりと膝を折った。砂地に倒れてし
まいそうになったところを逞しい腕で支えられる。

「魅力的な唇だ……それにその潤んだ瞳……君はいつもそういう目で人を誘惑するのか?」

「そんな……違います」

思いがけないことを言われ、史哉は目を見張った。

「そうだ、その目だ」

史哉はゆるく首を横に振って、ラシッドの言葉に逆らった。

目が潤んでいるとすれば、慣れないコンタクトを使っているせいだ。そうじゃなければ、きれいな夕日を見たせい……。

キスの余韻でまだ体が揺れている。それでも史哉は逞しい胸に両手をついて無理やり自分の体を引き離した。

ラシッドは危険だ。これ以上近くにはいられない。本当は、キスに応えてしまった自分の反応の方が恐ろしかった。

体を離した史哉を、ラシッドは探るように見つめてきた。

「アーマヤのことはもう諦めたと思っていいのだろうな？　そうでなければわたしのキスにこんな風に熱く応えるはずがない」

アーマヤの名前を持ちだされ、史哉はぎくりとなった。

ラシッドの声にはかすかに焦燥めいたものが混じっている。それとも妹への不実に対する怒りなのか……。

「カズヤ、答えなさい。君は、誰がキスしてもそんな反応をするのか？」

「違います……ぼくは……」

カズヤと呼ばれたことで、胸にずきりと鋭い痛みが突き抜ける。

違う。和哉じゃない。キスに応えたのは史哉自身……。

罪の意識で押し潰されてしまいそうだったけれど、一方では自分は和哉じゃないと叫びたくなる。

でも今は和哉の幸せだけを願っていなければならないのだ。

こうしている間に無事に王女を連れだして、できるだけ遠くまで逃げてくれればと……。

あたりはいつの間にか薄闇に覆われていた。太陽が落ちていった砂丘の階《きざはし》は、まだ濃い朱色に縁取られている。空は橙と群青の二色にくっきり分かれ、天上ではいっせいに星が瞬きだしていた。

ラシッドは、ろくに返事ができなかった史哉に見切りをつけるように背を向けた。

ほんの少し前に熱く自分を抱きしめていた男は、とりつくしまもないほど冷ややかな雰囲気で車の方に戻っていく。

取り残された史哉はふいに感じた寒さで身を震わせた。

昼間の暑さがうそのように引き、冷気が忍びよっている。

静かな砂丘に木霊するエンジンの音が、何故かもの悲しげに聞こえた。

2

砂漠から戻ったのは夜遅くのことだった。

大理石で造られた豪華な浴室で埃を落としたあと、史哉はバスローブにくるまって、深いため息をついた。

夢のように美しい砂丘を見た。

そしてラシッドのキスに応えてしまって……。

胸の奥が疼くように痛んでいた。これは和哉のためなのだと何度自分に言い聞かせても、ラシッドへの裏切りを思うと気持ちが沈みこむ。

それにラシッドには、アーマヤに求婚したくせに他の男のキスにも応じる、いい加減なやつだと思われてしまったのだ。水脈の話を聞かされた時にはあれほど親近感を感じたのに、帰り道でのラシッドはすっかりよそよそしくなって、いたたまれなかった。

どうしてキスを受け入れてしまったのかと、苦い後悔ばかりがこみ上げる。

「カズヤ様、遅くに申し訳ございませんが、皇太子殿下がお呼びです」

遠慮深いノックの音と共にドアの外でハサンの声がして、史哉はぴくりと緊張した。

サリムからは砂漠から戻ってすぐに、アーマヤが無事に王宮を抜けだしたと報告を受けている。ラシッドの呼びだしはきっとその件だ。王女の行方について詰問されるのだろう。

感傷に浸っている暇はなかった。史哉の役目は時間稼ぎ。あくまで和哉の身代わりを演じて二人の逃避行が成功するよう協力しなくてはいけない。

「すみません、すぐに用意します」

和哉の荷物からなるべくシンプルなシャツとズボンを探しだして身に着ける。そして史哉は生乾きの髪のままでハサンに連れられ、ラシッドの私室へと向かった。

静まり返った回廊を進む間中、不安がつきまとった。和哉のことも心配だが、もしかすると身代わりの件も露見したかもしれないのだ。

案内された部屋にはすでに、青い顔をしたサリム王子がいた。史哉に気づくと苦しげに首を横に振ってみせる。

やはり身代わりのことがばれたのか?

史哉は気が遠くなる思いで室内を見渡した。

ここは書斎なのだろうか。ラシッドは大きな机の向こうに座り、まわりを取り囲んだ側近らしき屈強の男たちと、何事か真剣に話しこんでいる。カンドーラとスーツ姿の者が入り混じっているが、皆厳しい顔だ。

「殿下、カズヤ様をお連れしました」

ハサンの声でラシッドはゆっくり視線を上げた。

鷹のように鋭い目で見つめられ、史哉は命令されたわけでもないのに、ふらふらと前へ進んだ。

まるで玉座の前に引きだされていく罪人になった気分だ。

「おまえの名はなんと言う？　本当の名前を答えてもらおうか」

前置きなしで訊ねられる。

抑揚のない氷のように冷ややかな声だった。ブルーの瞳にも、深い海の底を思わせる揺らめきがあって、激しい怒りをぶつけられているのがわかる。

「史哉……麻生史哉です」

史哉が唇を震わせながら答えると、ラシッドの眉がさも不快そうにひそめられた。

「最初に会った時とずいぶん印象が違うと思っていたが……おまえは空港で出会った方だったのか。あの時ファラサンに着いたばかりで、そのあと弟の振りをしてここへ潜りこんだんだな？」

すべてを言い当てられ、史哉は力なくうなだれた。

「ラシッド！　フミヤは悪くないんだ。全部ぼくとカズヤが相談して決めたことだから」

横から口を挟んだサリムにも、ラシッドは冷たい目を向けた。

「サリム、もうおまえに訊くことはない。黙っていろ」

「ラシッド、でもっ」

「おまえはしばらくの間謹慎だ。自分の部屋から出ることを禁止する。早くサリムを連れて行け」

サリムは最後まで史哉を心配そうに見ていたが、ラシッドの命を受けた側近に無理やり部屋から連れだされてしまう。

ラシッドはその後ハサンや他の者にも退出を命じ、史哉は一人でその場に取り残された。

「おまえは最初からわたしを騙すつもりだったのか？　砂漠を見たいなどと甘い言葉でわたしを誘いだし、その間に弟を逃がす計画で？」

「ぼくは……」

史哉は言葉を途切らせた。

申し開きはできない。砂漠を見たかったのは本当のことだ。でも和哉の逃避行を助けるためだったこともまた真実だ。

「わたしもずいぶん甘く見られたものだ。遺跡や水脈のことを嬉しそうに聞くから、おまえが本気で砂漠に興味があるのかと勘違いした。アーマヤとの結婚は許可できないが、我が家の客として心から歓待する気にもなった。キスすればそれにも喜んで応じたくせに、みんな偽りだったとはな」

自嘲気味に吐きだすラシッドに、史哉は唇を噛みしめた。

何を言われても仕方がない。ラシッドの信頼を裏切ったのは、和哉ではなく史哉自身だ。

「言っておくが、サリムはすべて白状したぞ。アーマヤもすぐに連れ戻す。人目の多い空港や港を避け、砂漠越えで国境を目指しているらしいが、面倒なことをしてくれたものだ」

「ラシッド、お願いです」

冷ややかに告げるラシッドに、史哉はすがるような声を出した。

「今さら、何を願う？」

冷たく一蹴されて、胸がずきりと痛くなる。

ラシッドはもう二度と自分を信用してくれないだろう。

それが悲しくてたまらない。

でも和哉のことが心配だ。ラシッドの手の者に追いつかれてしまうのは時間の問題だろうか。それとも幸運に恵まれて無事に国境を越えられるだろうか……。

とにかく今は自分の気持ちにかまけている時じゃない。目の前の尊大な支配者を説得して、少しでも和哉を助けなければ。

「ラシッド……あなたを騙したことは申し訳なく思っています。でもお願いです。和哉は本当に王女を愛している。だから二人のことを許してやって下さい」

史哉は言葉を尽くして頼みこんだ。

ラシッドはよけい怒りを煽られたように、ガタンと音を立てて席を立つ。

「アーマヤには婚約者がいる。家同士で結んだ約束は絶対だ。簡単に人を騙すおまえたちと違って、我が王家が正式に交わした約束は、破るわけにはいかない」

「でもアーマヤ王女は生まれてから一度も婚約者に会ったことがないと聞きました」

「それがどうした？　アーマヤはファラサン王家の一員だ。どんな状況だろうと約束を守る義務を負っている」

ラシッドは史哉を見据えながら、ゆっくり机をまわりこんでくる。冷たい視線に凍りつきそうになるが、それでも史哉は必死に言い募った。

「だって二人は愛し合ってるんだ！　どんなことがあっても結婚したいって。あなたは話を聞こうともしなかったんでしょう。だから二人は駆け落ちなんて手段を選んだんだ」

「アーマヤがおまえの弟に汚された事実は変わらない。姦淫の罪がどれほど重いものか、知らないのか？」

「そんな……」

いくら抗議しても事態は少しも好転しなかった。目の前に立ちはだかったラシッドはますます厳しい顔になっていくだけだ。

二人が国外脱出に失敗し、サマイに連れ戻されてしまったら、和哉はいったいどうなるのか。今のうちになんとかラシッドの怒りを解かないと、ひどいことになってしまう。

史哉は両手を握りしめ、懸命に頭を働かせた。けれど事態をどう収拾していいか、さっぱり思いつかない。

「おまえはそんなに弟のことが心配か？　少しは自分の立場でも思いやったらどうだ？」

史哉の様子を冷徹に眺めていたラシッドは、怒気のこもった声を出した。

王女のことだけじゃない。ラシッドの怒りはやはり自分にも向けられている。それを思い知らされて背筋が凍りつく。

「あ……ゆ、許して下さい」

史哉が唇を震わせると、ラシッドは口元をゆがめた。

「今さら遅い。わたしを騙したからには、おまえにも相応の報いを受けてもらうぞ」

「何……を？　ぼくは何をすれば許していただけるんですか？」

「自分から罰を受けるつもりか？」

史哉はこくりと頷いた。

ラシッドは何故か虚を衝かれたように黙りこむ。けれど次の瞬間には恐ろしいことを言いだした。

「それならいい方法がある。アーマヤが汚された代わりだ。おまえの体はわたしが汚してやろう」

「な……っ」

史哉は息をのんだ。

信じられない言葉だが、これがうそや冗談じゃないことは、いっそう青みを増した目を見ただけでわかってしまった。

視線を外せないままでじりっと一歩後退すると、いきなり左の手首をつかまれる。そして史哉はぐいっとラシッドに抱きすくめられた。

「やあっ」

必死に体をよじっても、ラシッドはびくともせず、いちだんと強く大きな胸に引きつけられる。

「今さら逃げようとしても無駄だ。おとなしくしていれば、痛い思いはさせない」

「離せっ、やめろよ」

「人形のような顔をしているわりには元気がいいな。だがわたしとのキスは好きだったはずだ」

不遜な言葉が終わったと同時、強引に唇を塞がれる。

「んん……っ」

史哉はキスから逃れようと懸命にもがいた。けれど暴れた隙をねらったように熱い舌が口内に侵入する。

息もできないぐらい激しい口づけだった。

口中を隅々まで探られて、ねっとりと熱い舌を絡められる。

唇の端から唾液がこぼれ、頭が真っ白になるほど蹂躙されたあとで、やっとキスから解放される。

「んっ……ふ……っ」

史哉は大きく胸を喘がせながら、ぐったりとラシッドにすがりついた。

恥ずかしいことに、膝ががくがくしてまともに立っていられない。早く逃げないとと気持ちは焦るが、一歩も動くことができなかった。

ラシッドは、腰の抜けた史哉の膝裏をすくい上げ、横抱きにしてしまう。

「さぁ花嫁のようにベッドへ運んでやろう」

「や、やめっ。こんなこと、やめて下さいっ」

史哉は手足をばたばた動かして抵抗した。しかしラシッドは軽々と史哉を抱いたままで次の間へ移動する。

運ばれたのは豪華な天蓋つきのベッドが置かれた寝室だった。

やわらかい羽布団の上に投げだされ、史哉は心ならずもぶるりと体を震わせた。

どうしてこんなことになったのか、必死に考えようとしても、パニックに陥った頭は思考を停止している。ラシッドが本気で自分を抱くつもりなのだとわかっただけだ。

「どうした、恐いのか？　優しく抱いてやるから心配するな。それにアーマヤを好きだったのはおまえの弟だ。おまえじゃない。それともおまえには、誰か愛を誓った相手でもいるのか？」

ゆっくりベッドに乗り上げてきたラシッドの目が細められる。

史哉はどうしようもなく、ただ首を横に振った。

「気兼ねする相手がいないなら、どうということもないだろう。砂丘でキスした時も気持ちよさそうだったし、今もここがしっかり変化している。こんな反応を示されたのでは、無理強いということにはならないな」

鼓膜をくすぐるように囁かれたのは傲慢な台詞だった。同時に、布地の上から熱くなった場所をやんわりと握られる。

「あっ」

史哉はかっと耳まで赤くなった。

本当にキスだけで中心が硬く勃ち上がっていた。それをラシッドに知られていたことが、死ぬほど恥ずかしい。

「きれいなフミヤ、おまえの体を汚す目的だけで抱くのはもったいない。その気になっているなら、わたしも楽しませてもらうぞ」

「やめて下さい。やめ……っ」

ラシッドの手で敏感な場所を揉みしだかれて、史哉はびくっと身をすくめた。

何よりも自分の反応が恐ろしい。

こんな理不尽な行為は受け入れたくない。罰で抱かれるなんていやだ。なのにキスされただけで体が熱くなっている。これから先の行為を進められたら、どんなになってしまうかと思うと恐怖に駆られた。

史哉はラシッドから逃れたい一心で両手を振りまわし、ベッドの上に座ったままで後退する。

「暴れても無駄だ。逃がすつもりはない」

「いやだ！」

小さな抵抗など、ラシッドの前ではなんの役にも立たない。すぐに両手をつかまれてしまったが、史哉はなおもその手を振りまわした。

「おまえの運命はもう決まっている。優しくしてやろうと思ったが、わたしに汚されるのがそんなにいやなら、信頼を裏切ったおまえに相応しい扱いをするぞ」

深いブルーの瞳に危険な光が射し、史哉はすくみ上がった。

ラシッドはベッドの天蓋にかけられた薄い布に手を伸ばした。そして真ん中を束ねるのに使ってあった紐をたぐりよせる。

「ラシッド、何を？　あっ、やめっ」

両手を束にされて手首に紐をかけられる。そして史哉は頭上高くに両手を差しだす格好で、ベッドに繋がれた。

　史哉は自由な足を蹴り上げて抵抗したが、それもラシッドに体重をかけられて、なんなく押さえこまれた。

「おとなしくするんだ、フミヤ」

　ラシッドは残酷に宣言し、史哉のシャツを引き裂いて胸をむき出しにする。

　空調の冷気にさらされて、ざわりと鳥肌が立った。

　ラシッドの手は下半身にも伸びてきた。

「い、いやだ」

　腰をよじって暴れたが、敵うはずもなくて、ズボンごと下着まで一気に脱がされてしまう。史哉はあっと言う間に、拘束された両腕にシャツの残骸を巻きつけただけの恥ずかしい姿になる。

「やはりわたしのキスは気に入っていたようだな」

　くすりと笑われて、史哉はかあっと頬を染めた。

　ラシッドの眼前にさらけだされた中心は、硬く張りつめて天を向いている。

「お願いですから……やめて、下さい」

　史哉は羞恥に震えながら訴えた。けれどラシッドはそんなことは聞けぬとばかりに、無造作に胸の突起をつまむ。

「ああっ」

びくっと大きく腰が浮き、ラシッドの指でいじられた胸の先端も過敏に勃ち上がる。

「感じやすいな」

「やあっ」

史哉が声を上げるたび、ラシッドはむしろそれを楽しむ勢いで次々と新たな刺激を与えてくる。

乳首をこねるようにつままれると、さらに下半身が熱くなる。

「乳首をいじられるのが好きなようだな？　ここもすごいことになってきた」

ラシッドは史哉の乳首を弄びながら、空いている手で性器をそっと撫でつけた。

何度か軽く上下に擦られただけで、先端からとろりと蜜がこぼれてくる。

僅かな愛撫でこんな風に反応してしまうのが信じられない。自分の体が信用できなくてぶるぶる震えていると、ラシッドがさも優しげな声を出す。

「恐がることはない。処女の花嫁を扱うように大事に体を拓いてやる。安心しろ」

信じられない言葉を聞いて、史哉は涙の滲んだ目を見開いた。

ラシッドは被っていたカフィーヤを取り去り黒髪の頭を下げてくる。乳首にキスが落とされ、びくりと反応すると、今度は軽く歯をあてられて先端を囓られる。

「あっ、く……うっ」

痛みは一瞬で、すぐにそれに勝る強い刺激が体中を駆け巡る。

次には両方の足をつかまれて、大きく開かされた。ラシッドの舌先は胸の上から下降し、両足の間に達する。そしてはちきれそうになったものが、すっぽりと生温かい感触で包みこまれる。

「あ……っ……やっ、やあ……」

たまらない快感だった。

ファラサンの皇太子に熱くなったものをくわえられている。

羞恥で頭がおかしくなりそうだった。

手は自由にならないし、両足も押さえられている。

史哉は腰をよじってラシッドのいやらしい口から逃れようとしたが、そのたびにさらに深い愛撫を与えられる。

ラシッドの舌は淫らに絡んで史哉を翻弄した。

涙がひっきりなしに溢れて頬を伝わる。

深くくわえられ、全体を吸われると、今にも噴き上げてしまいそうになる。

「……だめっ……もうこれ以上しないで……っ」

我慢できずに泣き声を上げると、ラシッドはようやく史哉の中心から唇を離した。

「フミヤ……達きたいなら達けばいい」

「い、いやだ、こんなの」

史哉は涙に曇った目で必死にラシッドをにらんだ。

一方的に無理やり快感を引き出されるのはいやだ。いくら体が熱くなっても、心を伴わない結びつきはいやだ。

「気持ちがいいのだろう？　素直に認めろ」

「そんなの誰が……っ」

「いくらいやだと言っても無駄だ。おまえを傷つける気はないが、これは罰だ」

ラシッドは優しげな声で決めつけ、再び史哉の下半身に顔を埋めた。

限界を超えてしまいそうなものが再び深くくわえられ、史哉は悲鳴を上げた。

「ああああっ」

すぼめた唇で上下に擦られる。先端の穴をこじ開けるように舌を使われ、溢れた蜜を全部舐め取られてしまう。

「やっ、いやだ……あぁ……くっ」

とても我慢できず、史哉はびくびく全身を震わせながら吐きだした。どくりと溢れたものは全部ラシッドにのまれてしまう。

深い愉悦で頭が真っ白になった。

「フミヤ……」

端整な顔が近づき、宥めるように唇の端に口づけられる。そのあとで拘束が解かれ、だらりとなった手首の内側を、そっと撫でられた。

「許せ……痛くしたか?」

青い瞳が優しげに覗きこんでいた。

本気で心配しているように眉がひそめられている。

額に貼りついた髪の毛をそっと掻き上げられて、史哉はぴくりと反応した。

「もう……これで離して下さい」

顔をそむけて掠れた声を出す。

これ以上惨めな姿を見られたくない。

罰を与えるための行為だったのに、ラシッドの口に欲望を吐きだしてしまった自分が、恥ずかしくていたたまれなかった。

「悪いが、これで終わりじゃないぞ」

「……!」

信じられない言葉だった。ラシッドはこの先もするつもりなのだ。

「い、いや……ラシ……ああっ」

叫ぼうとした瞬間、投げだしていた両足を胸につくほど折り曲げられる。

史哉の腰はベッドから浮き上がり、ラシッドの眼前に秘密の場所が全部さらされてしまう。

「優しく抱いてやるから、もう諦めろ」

「やっ、もう無理……やめて」

史哉は自由になった手でラシッドを追いやろうとしたが、一瞬早く黒髪の頭が両足の間に埋められる。

ラシッドの舌があてられたのは思いもかけない場所だった。

ぴちゃりといやらしい音と共に、後孔を濡らされる。

「いっ、いやだ……っ」

史哉は大きく仰け反った。

ラシッドの口で達しただけで死にそうに恥ずかしかった。なのにぬるりと何度も丁寧に狭い谷間を舐められているうちに、中心が再び頭をもたげてくる。

恥知らずな自分の体が恐ろしくてたまらなかった。

「く……っ……ううっ」

右手の甲を口につけ、必死に抑えようとしても喘ぎ声が漏れる。

慎重にやわらかくほぐされ、ラシッドの舌はとうとう中まで潜りこむ。

「や……あっ……ああっ」

体内で感じた異様な感触に史哉は腰をくねらせた。

女性とさえ一度も経験がなかったのに、いきなり加えられた濃厚な愛撫に、とめどなく涙がこぼれてくる。

たっぷり濡らされた場所に、今度は指が押しこまれた。ラシッドの手は抜け目なく、史哉の前にも及んだ。

拓かれる痛みは性器に直接与えられる刺激でごまかされた。その間に後ろを犯すラシッドの指はさらに大胆に奥をえぐった。

「あ……あっ」

あちこち探るように擦られて体中が熱くなる。折り曲げた足を伸ばすこともできず、口を押さえていた両手も力なく枕の上に投げだす。

中に入れた指をくいっと曲げられ、擦れた壁でひときわ強い刺激が起きた。

「やっ、いやあっ」

大きく腰を浮かせると、さらにしつこく同じ場所が擦られる。

「フミヤ、ここが気持ちいいのか?」

「違……いやだ、そこ」

史哉は激しく首を振った。けれど体はいつの間にか、かってに反応し始めている。敏感なところをえぐられるたびに、ラシッドの手に下腹を押しつけるように動いてしまう。

「ああっ……あっ」

ひっきりなしに喘ぎ声が出た。涙もいっぱいこぼれてくる。

指を増やされても、史哉の体は柔軟にそれを受け入れる。そして弱い場所を擦られるたびに、ぎゅっとラシッドの指を締めつけた。

間断なく刺激を受けている中心からも、いっぱい蜜が溢れてくる。

体中がどろどろに溶かされた頃になって、ようやく内部を犯していた指が抜き取られた。

涙で重くなったまぶたを開けると、ラシッドが身にまとったカンドーラを脱ぎ落としている。

離れていたのはほんの一瞬で、ラシッドは逞しい裸体ですぐにまた覆い被さってきた。

「とてもきれいだよフミヤ……そのまま楽にしていなさい」

敏感な耳元で、息を吹きこむように低い囁きが落とされる。そしてやわらかく溶かされた場所に灼熱の杭が押しつけられた。

「あ……」

あまりの熱さと大きさにびくりと腰が退ける。するとラシッドは怯んだ史哉を宥めすかすように頬を撫でた。

「さぁフミヤ、ゆっくり入れてやるから力を抜け」

「い、いやだ、いやっ……ああっ」

硬い切っ先でぐっと狭い入り口がこじ開けられる。

火傷しそうなほど熱い塊で無理やり狭い壁を拓かれる。

「もう少しだフミヤ。わたしを最後まで受け入れるんだ。もっと隅々までおまえを愛させてくれ」

落とされる囁きや髪を撫でる感触の優しさとは裏腹に、ラシッドは強引に進んでくる。

「ああっ……うう」

上にずり上がろうとした頭も押さえられ、史哉はとうとうすべてをのみこまされる。

全部を収めたラシッドは動きを止め、史哉が強ばりを解くのを待っている。

「おまえの中は熱いな。吸いつくようにわたしを包んでいる」

「……ああ……あ」

史哉はただ懸命に息を継いでいた。

体内に居座った大きな存在が耐え難い。どくどくと熱い脈動が内壁をとおして伝わってくる。

汗まみれで合わさった胸でも同じリズムが刻まれていた。そして史哉がかすかに身じろぐと、中に収められたものがさらに大きさを増す。

「や……っ」

ぎゅっと締めつけてしまった感触で、史哉はくぐもった声を漏らした。

それが合図になったように、ラシッドが動き始める。

ゆっくり引き抜かれて内壁がざわめいた。あと少しで解放されると思った瞬間に、また大きく奥まで押し戻される。

体中の細胞が動きに反応した。内部で小さな波が起きて、ラシッドの熱に犯されるごとにうねりが大きくなっていく。

史哉は未知の感覚から逃れようとして、必死にラシッドにしがみついた。

「かわいいことをする。歯止めがきかなくなりそうだ」

腰を抱え直されて、ぐいっと引きつけられる。反動でこれ以上ないほど深みをえぐられ、思わず達してしまいそうになる。

「こんな……いや……、ラシッ……ああっ」

徐々に激しい動きを加えられて、体ごと大きな波にすくわれる。

信じられない感覚に史哉はますますラシッドにすがりついた。

「フミヤ……もっとだ。もっと気持ちよくなりなさい」

ラシッドはゆっくりと誘うように、腰を左右に揺らした。

「もう……だめ……もうおかしくなる……いや、ラシッド……!」

史哉は無意識に中のラシッドを締めつけて次の動きをねだる。

「わたしもおかしくなりそうだ」

ラシッドは余裕をなくしたように、きつく史哉を抱きしめた。

腰の動きが激しくなって、ひときわ大きく深みをえぐられる。

「あっ、あああ――っ」

史哉は高い声を放って欲望を吐きだした。ほとんど同時に、ラシッドの情熱が最奥にたたきつけられる。

史哉は体を仰け反らせながら、意識を手放していた。


ぼんやりした頭の中に響いてきたのは、苛立たしげな声だった。

「まだなんの痕跡も見つからないのか?」

「シェバのキャンプを出られたあと、どこにも立ちよられていないようです」

「主立ったベドウィンに連絡を取って、砂漠をくまなく捜索させろ。アトーラ地区にまぎれこんで山岳部族と接触したら厄介なことになる」

「かしこまりました、殿下」

耳慣れた言葉ではないが、なんとか理解できる。

これはアラビア語……ファラサンの……皇太子、ラシッドの声……！

史哉はそこではっと覚醒した。自分の置かれた状況をいっぺんに思いだし、慌てて上体を起こす。

「あ……つっ」

思わぬ場所にずきんとした痛みが走り、史哉は顔をしかめながら腰をさすった。

昨夜の痴態がまざまざと思いだされ、かあっと羞恥にも襲われる。

「フミヤ、目が覚めたのか？」

天蓋つきの豪華なベッドに近づいてきたラシッドに、史哉は反抗的な目を向けた。唇を噛みしめて、悔しいほど涼しげな顔をにらみつける。

「そんな顔でわたしをにらんでも効果はないぞ」

「ひどい……」

からかうように微笑まれて、史哉はぽつりと呟いた。

ラシッドは広いベッドに腰を下ろして史哉の肩を抱きよせる。体中強ばらせていると、耳たぶにちゅっと小さくキスを落とされる。

「目がまだ潤んでいるようだし、まぶたもはれぼったくなっている……昨夜はかわいい反応を見せてくれたから、わたしも我慢がきかなかった。いっぱい泣かせてしまったからな」

吹きこまれた恥ずかしい台詞に、史哉はさらに頬が熱くなった。

無理やりの行為だったはずなのに、ラシッドの手管に翻弄されたのは事実だ。

でも心まで縛られたくはない。

ラシッドは罰を与えるために史哉の体を陵辱した。いくら快感を覚えたとしても、こんなやり方は絶対に承伏できない。

「ラシッド……殿下、和哉とアーマヤ王女の件、ぼくにも状況を説明して下さい。こんな真似をなさったからには、ぼくだって知る権利があるはずだ」

「昨夜はかわいい泣き声を出していたくせに、ずいぶんとまた違う反応だな」

「あ、あれはあなたが無理強いなさったことです。ぼくがいくら快感……を感じたからといっても、心まであなたに隷属したわけじゃない」

固い声を出すと、ラシッドは憮然としたように史哉の体を離した。

楯突くような言葉を吐いたことが、いかにも気にくわないといった感じだった。

「いいだろう。そのプライドの高さは評価してやる。おまえの弟とアーマヤだが、昨夜砂漠のオアシスで一泊したそうだ」

「その後の行方はわかってないんですね?」

史哉が念を押すと、ラシッドは訝しげに眉をひそめた。

「おまえは今の話を聞いていたのか？　どうやらアラビア語を理解しているようだが」

「わかるのは少しだけです。それよりベドウィンに連絡するとおっしゃってましたよね？　和哉とアーマヤ王女を見つけだせるとお考えですか？」

「当然だ。いくら道のない砂漠でも、シェバから国外へ出るルートは限られている。サリムが雇ったガイドも当然そのうちの一つを選ぶ。アーマヤとおまえの弟は数時間のうちに見つかるはずだ」

疑いを持つことすら許さないといった感じで力強く断言され、史哉は暗澹となった。

和哉と王女の逃避行は失敗に終わってしまうのだろうか？

自分はラシッドにとらわれ、陵辱されてしまった。それならせめて和哉だけでも幸せになってほしいのに。

「ラシッド……二人を連れ戻して、どうなさるつもりですか？」

「おまえの弟には今すぐ国外退去してもらうしかない。大事な妹を汚されたのだ。本当はもっと重い罰を与えてもいいが、弟の罪はおまえが代わりにその体で贖った。カズヤにはあまり手荒なことをしないと約束しよう」

昨夜のことを当てこするような言葉に、史哉は再び赤くなった。

「それとフミヤ……おまえの扱いについては、慎重に考慮しよう」

「ぼくの扱い？」

「おまえをこのままファラサンに留めておくのもいいかと思うのだが、どう思う？」

「ぼくを……ファラサンに？」

なんのことだろうと、史哉は首を傾げて訊き返した。

ラシッドの視線はじっと自分に注がれているが、何を示唆されているのか理解できない。

「フミヤ、おまえは男に抱かれるのが初めてだったはずだ。もしかすると女性とも経験がなかったのではないか？　無垢だったおまえに弟の罪を贖わせてしまったのだ。わたしの方もおまえの身の上については責任を取ろう。おまえはこの先もずっとわたしのそばですごすといい」

「何を……何をおっしゃっているのか、わかりません」

「おまえの体は非常に魅力的だった。フミヤ、わたしはおまえが気に入った。だからずっとそばに置いてかわいがってやると言っている」

信じがたいことを聞いて、史哉は唖然となった。

ラシッドは史哉のとまどいすら楽しんでいるのか、整った顔に満足げな笑みが浮かぶ。

「ぼくを……ぼくを慰み者になさる気ですか？」

「よくわかっているじゃないか。純粋な振りでわたしを騙したおまえに、もっとも相応しい扱いだろう？　それに昨夜はおまえも楽しんでいたはずだ」

史哉は怒りに駆られ、さっと右手を振り上げた。ひどい言葉を投げつけるラシッドを殴ろうとしたのに、寸前でそれを阻止されてしまう。

「あっ」

つかんだ手をぐいっとたぐりよせられて、史哉は暴君の胸にどっと倒れこんだ。

逞しい腕が絡み、強引に上向かされて唇を奪われる。

「んんっう……」

激しい口づけに、史哉は抵抗一つできずに屈した。

どんなにいやだと思っても、歯列を割られて甘い舌が滑りこむと、力が抜けてしまう。痺れるほど舌を吸われると、体がかっと熱くなった。

淫らに舌が絡み、余すところなく口中を貪られるうちに、史哉は自分の方からラシッドの首筋にすがりついてしまう。どうしてこんなに感じてしまうのか。

ひどいことをされていると思うのに、どうしてもキスが拒めない。

こんな関係はいやだ。こんな風に体だけが熱くなるのはいや。

甘いキスにとろけながらも、心のどこかで悲鳴が上がる。

ラシッドとはもっと違う形で結ばれたかった。美しい砂丘で口づけられた時のように……。

霞がかかった頭の隅で生まれた、疼くような思い。

それは気づいたと同時にいっぱいに膨れ上がってくる。

好き、なのだ……好きになってしまった……。

ひと目でアーマヤとの恋に落ちた和哉のように、史哉もまた熱い砂丘でラシッドに運命的な恋をしていたのだ。

キスを拒めないのも、無理やり抱かれてあんなに感じてしまったのも、全部ラシッドが好きだったからだ。自分の気持ちが自分でも信じられず、史哉は呆然となった。

それにいくら好きになっても、この恋は一方的……。

和哉はアーマヤと愛し合っているけれど、ラシッドの心は遠く離れている。史哉だけが胸を焦がしているのだ。ラシッドは史哉の体だけを求め、裏切った史哉自身を憎んでいる……。

甘い口づけを受けていても、胸が締めつけられたように痛む。

深さを増していくキスに酔わされながらも、史哉は悲しい思いでいっぱいになる。

「フミヤ、アーマヤが戻っても、おまえはこの王宮に留まるんだ。いいな?」

「いや……です……いや……」

「こんなに熱くキスに応えるくせに、まだいやと言うのか?」

ラシッドは史哉を宥めすかすように、ひときわ強く抱きしめる。

「こんなのは……違う……ぼくは」

これが本当の意味でラシッドに求められているのなら、どんなによかっただろう。

この地に留まれとラシッドが本気で懇願するなど、あるはずがないのに……。

「おまえは本当にわたしを夢中にさせる」

ラシッドにしがみついていた史哉は、そっとベッドの上に押し倒される。

熱のこもった目で見つめられ、体の芯で疼きを感じる。

「ラシッド……」

「フミヤ、一生離さずそばに置いてかわいがってやる。おまえはもうわたしのものだ。だからおまえの体中にわたしの印をつけてやる」

シルクの夜着を性急にはだけたラシッドは、宣言どおり史哉の肌に所有の痕を残していく。

敏感な場所一つ一つに口づけられ、首筋のやわらかい場所もきつく吸い上げられる。

「痛っ」

ずきっとした痛みのあとで、痺れるような快感が生まれた。

胸の頂きにもちゅっとキスを落とされて、史哉は甘いうめき声を上げる。

「あ……んっ」

左も右も散々舌先で弄ばれて、史哉は簡単に火を点けられた。

どんなにいやだと思っても、体は正直に抱かれることを望んでいた。ラシッドへの思いに気づいてしまった今は、どんなに理不尽な行為も拒めない。

「今日は後ろから愛してやろう」

「や、そんなの恥ずかし……」

すべてを剥ぎ取られた史哉は、ラシッドの手でうつ伏せにされ、さらに腰だけを高く持ち上げるポーズを取らされる。

「もっとしっかり足を広げるんだ」

双丘に手のひらが滑らされ、そのあと無理やり両足が割られる。

明るい日中の光の中で、すべてがさらされる。

史哉はベッドに顔を埋め、両手でぎゅっとシーツを握りしめた。

ラシッドの長い指は、剥きだしになった狭間にするりと簡単に潜りこむ。

「あっ」

「昨夜の名残でまだやわらかいな。指が吸いこまれていく」

羞恥を煽る言葉に首を振る。

でも言われたとおり史哉の後孔は柔軟にラシッドの指をのみこんでいく。

だらだら蜜をこぼす中心も一緒に揉みしだかれる。そのうえで埋めこんだ指をぐるりと掻きまわされる。

「あぁっ、あっ」

特別に感じる場所をいやというほど擦られて、史哉はひっきりなしに嬌声を上げた。

ラシッドにはたった一晩で、体の隅々まで知られてしまった。的確な愛撫を受けて、頭がおかしくなるほど感じさせられる。

「フミヤ……」

悦楽で狂ったようになった時に、掠れた声で名前を呼ばれ、指の代わりにラシッドの灼熱が後孔にあてがわれる。背後から抱きしめられて、ぐっと一気に貫かれた。

「あああ……あぁっ」

体の奥深くまで、すべてをラシッドに支配される。

灼熱の塊をぎゅっと締めつけると、繋がった場所で深い悦びが湧き上がる。

心を置き去りに、体だけ熱くなっていくのが悲しかった。

それでもラシッドを求めている。どんな風に抱かれてもラシッドと一つになるのが嬉しかった。

これは運命の恋だ……どんなに一方通行でもラシッドを愛している。

背後から強く抱きしめられる。体の奥まで全部ラシッドに抱かれ、抑えきれない歓喜が溢れる。

二つの対立する思いに引き裂かれながら、史哉は徐々に深い官能にのみこまれていった。

3

ラシッドの居室に閉じこめられてから三日が経っていた。

手足を拘束されているわけではないけれど、史哉は行動のすべてを制限されている。

ラシッドの広い私室は、天蓋つきのベッドが置かれている寝室と、プライベートな時間をすごすための居間、そして非公式な執務を行ったりする書斎とに分かれていた。

室内はすべてが西洋式に整えられている。白い壁に、柱や窓枠は焦げ茶色。優美なアンティーク風の家具も同じ色調のものが選ばれ、ソファやカーテン、ベッドカバーの類は深い色合いのブルー。全体が重厚で落ちついた感じに統一されている。そしてあちこちに飾られた生花がそこに華やぎを添えていた。

史哉はこの部屋でハサンにそれとなく見張られながら日中の時間をすごす。退屈すれば王宮内にある図書室やプールに行くことを許されていたが、外出はできない。サリム王子に会うのも禁じられていた。

そしてラシッドが執務を終えてからは、ずっと朝方まで体を自由にされてしまう。完全にとらわれの身だ。

曇り一つない大きなガラスで仕切られたバルコニーからは、真っ青なアラビア海とサマイの街並みが見えていた。ここから砂漠の方角は望めない。

和哉は今どの辺にいるのだろうか？

ラシッドは数時間で見つけだすと豪語していたが、あれから三日経っても和哉たちの行方はわからなかった。

まさか、砂漠で行方不明に？

いや、違う。

史哉は軽く頭を振って不安を追いだした。

きっと捜索隊の目を盗んで無事に国外へ逃げたんだ。今頃和哉たちは結婚式をあげているかもしれない。

そうなると、自分はいったいいつまでこの王宮に留め置かれるのだろうか？

ラシッドはファラサン王国の皇太子だ。そう遠くないうちに必ず結婚の話が出てくるだろう。一生離さないと脅すように言われたけれど、その時には史哉など邪魔になるだけだ。いくらファラサンがアラブの国でもハーレムがあるわけじゃない。

それにラシッドを愛していると自覚してからは、抱かれるのがどんどんつらくなっていた。

一緒にいる時は、わけもわからず官能の波にさらわれてしまう。でもこうして一人になれば、一方通行の気持ちが苦しくなってくるばかりだ。

「フミヤ様、お食事のご用意が整いました」

ハサンに事務的な声をかけられて、もの思いに耽っていた史哉ははっと我に返った。

ふと気づくと室内に何人もの使用人が入りこみ、ラシッドと史哉、二人だけで取る食事の用意をしている。民族衣装を着ているのはハサンだけで、給仕をする者たちは黒のタキシード姿だ。

史哉がテーブルにつくと、隣の部屋からカンドーラを着たラシッドが姿を現す。

ラシッドは足音を立てず、まるで野生の猛獣のように優雅な足取りで近づいてきた。

どんなに顔を背けていようと思っても、ラシッドの姿からは目が離せない。史哉は自分を支配する男を食い入るように見つめた。

日中は激務をこなしているのだろうが、精悍な顔に疲れはない。ただ王女の行方がわからない日が続くにつれて、表情にかすかな苛立ちが表れるようになっていた。

史哉にちらりと視線を投げたあとで、ラシッドは食事を始める合図に軽く右手を上げる。

出されるメニューはたいてい西洋風だ。しかし白磁の美しい皿に盛られているのは、贅を尽くした食べ物ばかりではなく、史哉の体調に合わせ、軽いものも用意される。

あまり食欲がなく、史哉は機械的に冷たいビシソワーズを口に運んだ。ラシッドも黙って食事を進めている。

「お食事中、恐れ入ります殿下。緊急の連絡が入りました」

しばらくして、外からの報告を受け取ったハサンが遠慮がちに声をかけてくる。

「なんだ?」

「はっ、失礼致します。実は……」

ハサンはそっとラシッドの耳元に口をよせた。

史哉には聞かせたくない内容なのか、ぼそぼそ報告がされている間に、ラシッドの顔が見る見る厳しいものになっていく。

「見つからないと思ったら……マウリツィオだと?」

低く吐き捨てられた声に、史哉はどきりとなった。

きっと和哉の居所がわかったのだと直感する。

でもマウリツィオとは、確か空港で会ったイタリア人の名前じゃ……?

「今すぐ出かけるぞ」

「はっ、すぐにお車をご用意致します」

食事を中断したラシッドは、テーブルの上へナプキンを叩きつけて立ち上がる。あまりの剣幕に史哉も思わず腰を浮かせた。

「待って下さい。ぼくも……ぼくも一緒に連れていって下さい」

史哉は、早足に部屋を出て行こうとしたラシッドに追いすがった。

「おまえはだめだ」

振り返ったラシッドは、一言で史哉の願いを退ける。

「和哉の行方がわかったのならぼくも行きます！　でも今の連絡……何かトラブルがあったんですよね？　二人は無事なんですか？」

せきこむように訊ねると、ラシッドは呆れ気味に史哉の両肩に手を置いた。

「おまえには何も隠し事ができないな。二人は無事だ。だが少々困った人物の元にいるらしい」

「マウリツィオ・ベドーネって……彼はいったい何者なんですか？」

「マウリツィオはマフィアだ」

「えっ、マフィア？」

「イタリアの小さな島を本拠にしているファミリーだ」

いかにも不快そうに吐き捨てたラシッドに史哉は呆然となる。

確かにマウリツィオの一行は皆目つきが悪かったが、まさかマフィアだとは……。

「どうして和哉がマフィアのところに……も、もしかして誘拐されたとか？」

悪い想像が頭を巡り、すうっと血の気が引く。

史哉が青くなったのを見たラシッドは眉間に皺をよせた。

「今のところマウリツィオからの要求はない。誘拐と決めつけられないのが問題だが、二人が強制的に招待されていることは確かだ。これからあいつのホテルに行って話をつけてくる。二人は無事に連れ戻すから、おまえはここでおとなしく待っていろ」

「でも、ラシッド！」

史哉は命令を撤回しないラシッドの腕に取りすがった。和哉が心配で、とてもおとなしくはしていられない。

「離しなさい、フミヤ」

「いやだ、ぼくも一緒に」

何度体を押し戻されても頑張っていると、そこへサリム王子が息を切らしながら駆けつけてくる。

「ラシッド！　アーマヤとカズヤは無事なの？」

「サリム、おまえには謹慎を命じておいたはずだ。自分の部屋を出ることを許してはいない。誰だ、サリムにまで報告を入れたのは？　ハサン、おまえか？」

ラシッドはあたりをじろりと見渡した。

「殿下、申し訳ございません。先程報告がきた時そばにいた者が」

頭を下げたのは、サリムを追いかけてきたダークスーツの使用人だった。

「ラシッド、そんなことどうでもいいだろ。今はアーマヤの方が大事なんだから！」

ラシッドは逆らったサリムを鋭くにらみ、そのあと史哉に向き直った。

「フミヤ、どうしても一緒にくると言うなら同行を許す。サリムはここで連絡を待て」

「そんな！　ぼくも一緒に行くよ」

「サリム、おまえが二人を焚きつけたせいでこうなったのを忘れたのか？　シェバから砂漠越えのルートを勧めたのもおまえだろう？　あのあたりの国境には荒っぽい部族もいると言うのに」

ぴしりと決めつけられて、サリムは見る見るうちに青ざめていった。唇を噛みしめ、泣きそうな目で自分の兄を見上げている。

ラシッドはサリムの頭に手のひらを載せ、宥めるように金褐色の髪を掻き混ぜた。

「行くぞ、フミヤ」

サリムを落ちつかせたラシッドが短く命令する。

史哉は不安に駆られながらも、足早に歩くラシッドのあとに従った。

ファラサン王家のリムジンは、静かにホテルの車よせに停まった。海岸沿いに建つ高級ホテルの一つだ。

「ラシッド殿下、ようこそ我がホテルへ。お越しいただいて光栄です」

先に連絡があったのか、正面のドアで待ち受けていたのは、黒のタキシードにシルバーのカマーバンドという格好のマウリツィオ本人だった。

ロビーではホテルの従業員がずらりと並んでファラサンの皇太子を出迎える。その場に居合わせた宿泊客は遠巻きで物々しい歓迎の儀式を眺めていた。

「ご苦労だ、ベドーネ」

ラシッドは短く威厳のある声を出す。

ハサンを始め、何人かの従者が後ろで整列する中、史哉も身を固くしながら立ち尽くす。

「急なお越しで歓迎の準備も整っておりませんが、クラブでショーをご覧になりますか？　ちょうど新しいマジシャンを雇ったばかりで、お楽しみいただけると思いますが」

マウリツィオは空港の時とは違って、訛りの強い英語で話しかけている。恭しい態度を崩していないが、裏で何かを画策しているような目つきだった。

「ベドーネ、ふざけるのはいい加減にしろ」

ラシッドがイタリア語で鋭く叱りつけると、マウリツィオはにやりとした笑みを浮かべた。そしてなおも下手な英語での挨拶を続ける。

「それでは殿下、ひとまずわたしの部屋へご案内します」

にらみ合う二人の間には不穏な空気が漂い、史哉は緊張を強いられる。だがハサンや従者たちはよほどラシッドを信頼しているのか、少しも慌てた様子を見せない。

マウリツィオの先導で、天井からいくつもシャンデリアが吊されているロビーを抜け、フロントの奥にあるエレベーターで最上階へ移動する。

プライベートで使っているらしいスイートルームは、装飾の多い贅沢な造りだったが、あまり落ちついた感じはしない。

室内まで随行したのは、ハサンの他に屈強な体つきをした男が三人。ラシッドの身辺警護の役目を担っている者たちだ。一方マウリツィオの背後にも、空港で見かけた時と同じ一癖ありそうな男たちが控えている。

不安で仕方ない史哉とは違い、ラシッドはマウリツィオが勧めたソファに悠然と腰を下ろす。

「殿下、よくここまでお越し下さいました。そちらの東洋人は確かフミヤだったな……空港で会った時は、まさか彼が殿下のハーレムで囲われている者とも知らずに失礼しました」

マウリツィオがほのめかしたことに史哉はかっと頬を染めた。

あてこすりを恥ずかしく思うよりも怒りの気持ちが強い。

ラシッドは失礼な言いぐさを歯牙にもかけず、いきなり本題を持ちだす。

「アーマヤはどこにいる？　砂漠で難儀なことになっていたのを、おまえに助けられたそうだな。心から礼を言おう。だがこれ以上迷惑はかけられない。すぐに連れて帰るからそう伝えてくれ」

丁寧だが不遜な言い方をしたラシッドに、マウリツィオは大げさに肩をすくめた。

「殿下も性急ですね。せっかくお越しいただいたのだ。もっと殿下のご趣味の話などをお訊きしたいが……」

「おまえとのんびりしゃべっている暇はない」

ラシッドはにべもなく言い切る。

だがマウリツィオの方も、ここが自分のテリトリーだからか、ラシッドの迫力に負けてはいない。忍耐を試すように、わざとゆっくりテーブルの小箱から葉巻を取り上げて火をつける。

「砂漠でお車が故障して立ち往生していらした王女をお助けした時は、わたしも驚きました。同乗していたのが、まさか空港で会った魅力的な青年とはね……だが名前も違ったし、彼の方はわたしにまるで見覚えがない様子だった。こうして改めて見ると、違いがわかる。顔つきはそっくりだが、さすがに殿下のお手がついているだけのことはあって、フミヤの方が何倍もそそられる」

マウリツィオがふうっと煙を吐きだすと、ラシッドは不快そうに眉をひそめる。

「マウリツィオ、わたしがおとなしくしているうちに、アーマヤとカズヤを連れてこい」

ラシッドのうんざりしたような声を聞いて、マウリツィオは何故か急に真面目な顔になった。

「殿下、王女をお助けしたのはわたしです。ご褒美をいただいてもいいと思いますが？」

「何が望みだ？」

「その青年……実はかなり好みだ。わたしにお譲り願うというわけにはいきませんか？」

「な……っ」

自分をまるで取引に使う品物のように言ったマウリツィオに、史哉は憤然となった。しかし次の瞬間には青くなって、ラシッドの冷たく整った横顔を窺う。

アーマヤ王女との交換だと言われれば、自分はあっさり引き渡されてしまうかもしれない。

「その申し出は断る。これのことを気に入っているのはわたしも同じだ。人に譲るつもりはない」

断り文句を聞いても史哉の不安は消えなかった。

調子に乗ったマウリツィオは、さらにひどい提案を持ちかけてくる。

「それはそれは……やはりその魅惑的な目と体で、殿下を虜にしているのか……掌中の珠だったというわけだ。そう聞くとますますほしくなりますね。全面的にお譲り願うのはやめにするとして、一週間、いや三日でもいい。貸してもらえませんか？」

まるで値踏みでもするように見つめられ、史哉はぞっとなった。それでもラシッドがこの卑怯な取引を断ってくれることだけを念じる。

「マウリツィオ、わたしはフミヤを手放す気もないし、貸しだす気もない。たわ言はそのぐらいにしてさっさとアーマヤをここへ呼べ」

ラシッドは怒りを押し殺すように低く命じた。

史哉はほっと安堵したが、マウリツィオは大げさに肩をすくめて両手を広げる。

「殿下、申し訳ないが、アーマヤ王女は殿下にお会いしたくないと言っておられる。色々ご事情を伺い、ぜひお力になりたいと申し上げたら、王女はことのほかお喜びで」

「マウリツィオ、まわりくどい言い方はやめろ。おまえの本当の目的は石油の採掘の件だろう？何度も言うが、ルーリに油田を造る気はない。おまえのような男に許可を与えるつもりもない。それどころか、老舗ホテルのオーナーを脅して乗っ取りをかけ、この国に乗りこんできたおまえのやり口を腹立たしく思っている。わたしはいつまでもわたしの国でマフィアをのさばらせておく気はない。おまえのホテルを営業停止処分にするのは簡単なことだぞ」

「ファラサンの法律をしっかりと守っている者に対し、ひどいおっしゃりようだ。殿下がそのおつもりなら、わたしの方にも覚悟がある。全面的に王女に肩入れさせていただくことにする」

マウリツィオは完全に開き直っていた。

ラシッドはしばらくの間マフィアのボスをにらんでいたが、いきなりソファから立ち上がった。

「これ以上ここにいても無駄なようだな。邪魔をした」

突然話を打ち切ったラシッドに、マウリッツィオは唖然としたような顔になる。

「ラシッド、待って下さい」

さっさと部屋から出ていこうとするラシッドに、史哉は混乱した。

和哉とアーマヤの無事な姿さえ確かめていない。なのに何もしないで帰ってしまうなんて、いつものラシッドからは考えられない行動だ。

下手に出ろとは言えないが、高圧的に接するだけでは、問題が大きくなるばかりではないのだろうか？　マウリッツィオは確かに卑怯だが、もう少しねばり強く交渉すれば、二人の顔を見るぐらいはできたかもしれないのに……。

どうしても気になって背後を振り返ると、マウリッツィオは僅かな時間で動揺から立ち直ったらしく、目を細めてこちらを見ている。背筋にぞっとしたものを感じるが、マウリッツィオは何か言いたいことでもあるような雰囲気だった。

「フミヤ、何をしている？　引き揚げるぞ」

ラシッドに急かされるままに部屋を出た史哉だが、内心は納得いかない思いでいっぱいだった。

和哉はマフィアにとらわれて、これからどうなるのだろう？　まさか和哉と王女の身に危険が及ぶなんてことは……？

悪い想像ばかりが頭を巡る。

ロビーには皇太子訪問の噂を聞きつけたお客が大勢集まっていた。優雅なドレスやタキシードに身を固めた人々の中で、シンプルなカンドーラ姿のラシッドはひときわ堂々として威厳がある。

「ラシッド……」

「なんだ？」

紋章入りのリムジンが静かに車よせを出発した時に、史哉は小さく呼びかけた。

ラシッドは厳しい表情のままでまぶたを伏せている。

「これからどうなさるつもりですか？　和哉と王女はあのホテルに監禁されているんですか？」

「マウリツィオの監視下に置かれていることだけは確かだろう。だが、ホテルにいるかどうかはわからない」

「ではマウリツィオの要求どおりにしないと、帰してもらえない？」

「あんなやつの言うことなど、一つとして認めるつもりはない」

ラシッドはいかにも腹立たしげな声を出す。激しい怒りは史哉にもびりびりと伝わってきた。

「でも、それじゃ和哉と王女は……ラシッドお願いです。もう一度マウリツィオと話して下さい」

「向こうの出方はもうわかった。これ以上交渉の必要はない」

史哉の願いはあっさりと否定されてしまう。

「それならぼくに、もう一度マウリツィオと話をさせて下さい」

「フミヤ、マウリツィオの目的は油田だ。おまえが行ったところで何もできない。それともまさか、マウリツィオがおまえの体を欲しがったのを本気にしているわけじゃないだろうな？」

皮肉っぽく言い負かされて、史哉はずきりと胸を痛めた。

ラシッドにとって史哉は結局体だけの存在なのだ。マウリツィオに引き渡されなかったことも、素直に喜んではいられない。それに和哉もアーマヤ王女と一緒につかまっているのに、頭ごなしに押さえつけるような言い方をされるのはたまらなかった。

「和哉は……和哉はぼくの弟なんだ。このまま何もできないなんて耐えられない」

「アーマヤはわたしの妹だ！」

すかさず怒鳴り返されて、史哉はびくりとなった。

じろりとにらまれたのは一瞬で、ラシッドはすぐにまた目を閉じてしまう。

史哉は胸を突かれた。

彫りの深い横顔には明らかに苦悩の表情が表れている。心から妹を心配している兄の顔だった。

肉親を助けたいと思っているのは史哉と同じなのだ。でもラシッドは公的な立場にあるばかりに、マフィアの脅しに屈することができずに苦しんでいる。もしかしたら史哉以上に心を痛めているのかもしれない。

史哉は無意識に指先を伸ばした。白いカンドーラの袖に触れてぎゅっと握りしめる。

本当はラシッドを抱きしめて慰めたかった。

そして自分もまた抱きしめ返してもらいたかった。


リムジンが王宮へ着いてすぐに、ラシッドは側近の者たちと執務室にこもった。史哉はハサンに連れられ、ラシッドの私室へ戻される。

「フミヤ様、先程はお食事が途中でした。今、何かお持ちするようにしましょう」

「いいえ、けっこうです。お腹は空いてない」

「そうですか。それではわたしはしばらくの間、失礼させていただきます」

長い間ファラサン王家に仕えてきた侍従は、どんな時にも落ちつき払っているように見える。

ハサンが頭を下げて出ていったあと、史哉は窓際に置かれたソファに腰を下ろし、ふうっとため息をついた。

ラシッドが表立って動けないなら、何か自分にできることはないだろうか?

リムジンの中でラシッドが見せた苦しそうな表情が忘れられなかった。

和哉と王女を助けたい。何よりも、少しでもラシッドの力になりたかった。

マウリツィオは、史哉の体を交換条件にしてもいいような言い方をした。帰り際に見せた思わせぶりな目つきも気になる。あれはもしかしたら、史哉と直接話したいという意味だったのではないだろうか。

史哉があれこれと考えを巡らせていた時だった。

「フミヤ……フミヤ……」

小声で名前が呼ばれ、史哉は振り返った。

寝室との境目のドアが細めに開けられ、そこからサリム王子が顔を覗かせる。室内に誰もいないことを確かめたあとで、サリムはそばまで駆けよってきた。

「フミヤ……二人は無事だったの?」

「会えなかったんだ。でもマウリツィオのところにいることだけは確かみたいだ」

興奮気味のサリムをソファにかけさせ、史哉はマウリツィオとの会見をかいつまんで説明する。

「どうして、こんなことになったんだろう」

ブルーの瞳が悲しげな翳りを帯び、ふっくらとした唇が悔しそうに噛みしめられる。

「サリム……ぼくはもう一度、一人でマウリツィオに会いに行こうかと思う。ラシッドには公的な立場があってマウリツィオの条件はのめない。だからぼくは違った方向から交渉してみたいんだ」

「でもフミヤ、一人で行くなんて危険だよ。ぼくも一緒に」

「サリム、君は一緒じゃない方がいい。ぼくに少し考えがあるんだ」

史哉は心配そうなサリムを説得して、一人で行くことを承知させる。

そしてサリムに借りた携帯でホテルに連絡を入れる。フルネームを告げると、電話は簡単にマウリツィオ本人に繋がった。

『今頃君の方から連絡をくれるとは、どういう風の吹きまわしだ?』

「ラシッドとの話は終わったでしょうが、あなたのところにいるのはアーマヤ王女だけじゃない。ぼくにもあなたと交渉する権利があると思いますが?」

マウリツィオの皮肉な調子には取り合わず、史哉は淡々と希望を伝える。

携帯からは甲高い笑い声が聞こえてきた。

『交渉と言われても電話じゃな……君はラシッドのハーレムにいるんだろ? 抜けだしてここに一人でやってくるなら、話し合いに応じてやってもいいが』

「わかりました。すぐに行きます」

史哉は短く返事をして携帯を切った。

マウリツィオの言いぐさには怒りを覚えるが、今は冷静に行動する時だ。

「サリム、これからマウリツィオのホテルまで行くことになった。ラシッドに気づかれないよう王宮を抜けだしたいんだけど」

相談を持ちかけると、サリムは大きく頷いた。

「うちの車じゃだめだから、王宮の外へ出てタクシーを呼ぶしかない。アーマヤの時に使った手をもう一回試してみよう。いい抜け道があるんだ」

サリムは用心深くドアを細めに開け、廊下に人影がないかをチェックした。

「フミヤこっちだ。今ラシッドと主立った側近たちは表の執務室の方に集まってるから」

史哉はサリムに案内されて回廊を進んだ。ラシッドの私室がある東翼から中央部を突き抜けて、西側の地下まで長い距離を歩く。

「この部屋に入って」

サリムはするりと暗い部屋に滑りこんで壁際のスイッチを押した。タオルやリネン類など、王宮で必要とする様々な備品が納められた棚が並んでいる部屋だ。

普段は大勢の使用人に傅かれているサリムなのに、よくこんな部屋のことまで知っているものだと呆れてしまうが、この気取りのなさがこういう時にはかえって心強い。今のサリムは五つも年下とは思えないほど頼もしい同志だ。

「フミヤ、これを上から被って」

手渡されたのは女性用の民族衣装アバヤだった。

史哉は着ていた服の上からすっぽりと黒い衣装を被り、顔もベールの端で覆ってしまう。夫以外の男性に顔や肌を見せてはいけないというイスラムの伝統衣装は、史哉の体をしっかり足元まで隠してくれる。

防犯用の監視カメラに引っかからないよう、サリムは注意深くアバヤを着た史哉を案内した。使用人用の通用口からこっそり王宮を抜けだし、闇にまぎれて広い庭を横切る。裏手にある通用門をとおってしばらく木立の中を歩くと、ようやく大通りに達する。

史哉はそこでサリムが携帯で呼びよせたタクシーに乗りこんだ。

「気をつけてね。絶対に無理しちゃだめだよ」

「大丈夫だから、心配しないで」

史哉は不安げなサリムに別れを告げて、マウリツィオのホテルへと逆戻りした。


「君はラシッドと違って、交渉ごとに向かないタイプだな」

にやりといやな笑いを浮かべたマウリツィオに言われ、史哉は眉をひそめた。

ラシッドとここを訪れてから、まだそんなに時間が経っていない。今はマウリツィオの部下も同席せず、二人きりで向かい合っている。何かあったとしても誰の助けも得られない状況だった。

「ぼくにもあなたと交渉する権利がある。それがそんなにおかしなことですか?」

「いや、君が示してくれる条件がなんなのか、興味が湧いただけだ」

怯えているのを覚られないよう、史哉は精一杯虚勢を張っていた。背筋には冷や汗が伝わったが、懸命に平気な振りをする。

「まず弟と話をさせて下さい。無事な姿を確かめたい」

「それから?」

「あなたが承知なら二人を解放してもらって、ぼくが代わりにここへ残ります」

「君が代わり? 確かに君の体は魅力的だが、他になんのメリットがある?」

マウリツィオは葉巻をくゆらせながら、じろじろと舐めるように史哉の全身を眺めた。

史哉は膝に置いた手をぎゅっと握りしめて不快感を堪える。

「メリットばかりじゃなくてあなたに不利なカードのことも考慮した方がいい。このままアーマヤ王女の身柄を拘束していると、ラシッドとファラサン王国を本気で敵にまわすことになる。幸いあなたの推察どおり、ぼくは……ラシッドに気に入られています。今すぐ手放す気はないと思うから、あなたはあまり欲張らず、ぼくを人質にしてゆっくり彼と交渉すればいいんだ」

「なんだ、たったそれだけか」

マウリツィオにさも馬鹿にするように眉を上げられて、史哉は一瞬弱気になった。だがここで言い負かされるようでは、なんのために苦労して王宮を抜けてきたのかわからなくなってしまう。

「マウリツィオさん、弟の和哉はジャーナリストなんです。だからぼくも少しは世間の反応ってやつを知っている。このホテル、ずいぶん立派ですよね？　さっき見たところ、お客さんもいっぱいのようだったし」

史哉は上目遣いでマウリツィオを見つめた。今までこんな芝居はしたことがない。でも必死に世慣れた振りをする。

「おまえは何が言いたいんだ？」

「このホテルにファラサンの王女が監禁されてるって噂が立ったら、あなたも困りますよね？　有名ホテルに王女が監禁！　なんて、日本ならすぐにワイドショーのレポーターが集まってくる。ぼくにはよくわからないけど、ネタとして売ればけっこうな金額になるかもしれない」

はったりだった。しかしマウリツィオの顔に初めて動揺らしきものが表れる。

「おまえがそのネタを売るとでも言うのか？　だったらおまえをこのまま帰さないだけの話だ」

史哉は無理やり口元に笑みを作った。

余裕なんて全然ない。はったりだけでなんとかマウリツィオの心を動かそうというのだ。

史哉は和哉とアーマヤ王女の顔を思い浮かべた。妹のことを心配していたラシッドの苦しげな顔も思いだす。砂漠の緑化を熱く語ってくれた時の顔も、史哉を抱いてくれた時の官能的な顔も……。

「ぼくは馬鹿じゃありません。なんの保険もかけずにマフィアの巣窟に一人で乗りこんでくるわけないじゃないですか」

「おまえは……」

「ぼくのカードは小さくても有効でしょ？　あなたはルーリで石油を掘りたいなどという夢は忘れた方がいい。欲張りすぎだ。王女と和哉を解放してぼくを代わりにした方がいいですよ。ラシッドがぼくの体にいくら払ってくれるかわからないけど、取りあえずこんな風に、ぼくが毎晩彼に愛されていることは確かです」

史哉はソファからゆっくり立ち上がってアバヤを脱ぎ捨てた。それから中に着ていたシャツのボタンを外して胸を露にする。この場から一気に逃げだしてしまいたい気持ちを懸命に抑えて、マウリツィオに肌を見せつけた。

胸の頂き近く、首筋のきわどいライン、脇腹……そこら中に残された所有の痕を、蛇のようにしつこい男にさらして見せる。

こんな真似をするのは死ぬほどいやだ。でもこれは、和哉とアーマヤ王女と、何よりも愛するラシッドのためだ。自分の体を生け贄にするぐらい、なんでもない。

しばらくして、史哉を舐めるように見ていたマウリツィオが口元を歪めて笑いだす。

「フミヤ、見かけによらず度胸のあるところがますます気に入った。交渉に応じよう。もともと今回のことは、気にくわないラシッドに一泡吹かせてやるだけでもよかったのだ。おまえの忠告どおり欲張らないことにするさ。その代わりおまえの体には期待させてもらうがな」

「今すぐ和哉と王女を解放すると、約束してもらえますか?」

史哉ははだけたシャツを元に戻しながら、念を押した。

「いいだろう。なんだったらこれからすぐに二人のところへ行くか? ここでおまえを抱いてもいいが、サマイにいるとラシッドがうるさい。今すぐ出発してわたしのヴィラへ行こう。王女もそこにいる」

マウリツィオの答えを聞いて、史哉はどっと安心感に浸った。

こんな男に体を自由にされるのはいやでたまらない。でもこれで和哉と王女を無事に助けられる。

ラシッドのことは、熱砂の国で見た夢だと思って諦めるだけだ。

ラシッドの心までは得られなかったけれど、短い間にたくさん愛された思い出がある。それを永遠に胸に秘めておけばいい。

4

砂漠の縁を縫うように南に向かって一時間ほど走り、そこから西に広がる高地に入る。

マウリッツィオのヴィラは、サマイより涼しくすごせる場所として、ファラサンの裕福な人々が数多く別荘を構えるオアシスの中にあった。地中海風のヴィラは三階建てのかなり豪華なものだ。

「和哉と王女は？　どこにいるんです？」

到着してすぐ寝室に連れこまれた史哉は、あたりを見まわしながら訊ねた。

キングサイズのベッドばかりが目について、アバヤを着た背筋に冷や汗が伝わる。

「そんなに慌てなくてもいいだろう。今はもう夜中だ。二人ともぐっすり寝ている。明日の朝ゆっくり会えばいい。それよりおまえの体を味わわせてもらう方が先だ」

「でも……それでは約束が」

「ここまできてお預けをくわせるつもりか？　おまえがごねるなら、交渉は白紙に戻してもいいいんだぞ？」

マウリツィオに脅されて、史哉は渋々頷いた。

確かに今はもう深夜をすぎている。寝ている者を起こすなと言われれば、納得するしかない。

「緊張しているなら、これでも飲むといい」

「いりません」

差しだされたグラスを拒むと、マウリツィオはにやりとした笑みを浮かべる。

「毒など入ってない。ただのワインだ。もっとも、おまえが今すぐ抱かれる方を選ぶなら、さっさとベッドに行って裸になってくれてもいいが」

嘲るように言われ、史哉は覚悟を決めてグラスを受け取った。

ルビー色の液体を飲み干すと、喉の奥がかっと灼ける。

アルコールはむしろ歓迎すべきものだ。酔いの力を借りれば少しは耐えられるかもしれない。それに、これはマウリツィオに強制されたのではなく自ら決めたことだ。そしていやな行為はさっさと早く終えてしまった方がいいのだ。

空になったグラスをテーブルの上に置いて、史哉は自分からベッドに近づいた。早くも酔いがまわって少し足がふらついたが、現実感が薄れてきたのは大歓迎だった。

「まるで殉教者のような風情だな。その悲壮な顔にはよけいにそそられるぞ」

何を言われても今さら逃げられない。

史哉は背後に感じるいやな視線を耐えながら、自らアバヤもシャツも脱いだ。少し躊躇したあとでズボンも脱ぎ捨ててベッドの上に体を横たえる。

マウリツィオはすぐに近づいてきた。

「さすがにきれいな肌をしている」

息がかかるほど身近で囁かれて、史哉はびくりとすくみ上がった。

汗ばんだ手で肌を撫でまわされて、ぐっと奥歯を噛みしめる。

今すぐ大声を上げて逃げだしたい。それでも史哉はぎゅっと目を閉じて衝動を堪えた。

「すごいな、おまえの言ったことは本当だ。そこら中にラシッドのつけた痕がある。しかしこれを全部わたしの印に変えるのも、また一興だ」

ラシッドの名前を聞いて、史哉は胸が締めつけられたように痛くなった。

全身を強ばらせていると、首筋にいきなり噛みつくようなキスが落とされる。そしていやらしい舌があちこちを這いまわった。

マウリツィオがたどっているのは、ラシッドに愛された場所だ。

舌を使われるたびに自分の身が汚れていく気がして、せつなくなる。

たとえ体だけの関係だったとしても、ラシッドに抱いてもらった記憶は史哉にとって唯一大切なものだったのに、それが少しずつ壊されていく。

「……んっ」

ぴちゃりと濡れた音をさせて、胸の頂きを吸い上げられる。思わず声を出してしまいそうになったのを、史哉は必死に耐えた。

くすぐるように歯を立てられると、乳首が勃ち上がってしまう。

でも決して快感を感じているわけじゃない。

これはラシッドじゃない……だから体は熱くならない。

史哉は何度も自分に言い聞かせながら、体の脇に伸ばした手でシーツを握りしめた。

マウリツィオは指でも散々史哉の乳首をいじりまわす。引っ張られたり捻られたりするたびに、悲鳴を上げそうになるが、それも奥歯をくいしばって我慢した。

マウリツィオはいつの間にか着衣を脱ぎ捨てていた。上から重なった体温に吐き気がしそうだ。

いやらしい舌が素肌の上を這いまわり、それはやがて史哉の下半身に到達する。マウリツィオの手で中心を揉みこむように握られて、先端を口に含まれる。

ざっと全身に鳥肌が立った。

いやでいやでたまらない。

でもマウリツィオに技巧を凝らすように舌を使われ、史哉の中心には徐々に血液がたまっていく。

これはラシッドじゃない……物理的な刺激を受けただけだから……！

「感じやすそうに見えるのに反応が薄いな。足を開けフミヤ、おまえのいやらしい場所がどうなっているか見せるんだ」

マウリツィオの苛立たしげな命令に、史哉は素直に従った。だらりと投げだした足を左右に広げて言いなりになる。

「足りないな。もっとだ」

マウリツィオは史哉の膝をつかみ、さらに大きく割った。

「……！」

敏感な谷間近くにマウリツィオの息を感じ、史哉はきつく唇を噛みしめる。

ぴちゃりとそこが舐められて全身が総毛立つ。

唾液を押しこめるように何度も舌を使われた。

泣き喚いて許しを請いたかった。けれど意地でもそんな真似はしたくない。史哉はただ体を固くして、少しでも早くいやな時間がすぎてくれることだけを願った。

「どうも緊張が解けないようだな。これでは楽しめない。抵抗しても無駄だぞ、フミヤ。おまえが泣いてわたしを欲しがるようにするのは簡単だからな」

不穏な言葉を吐かれ、史哉はふっと閉じていた目を開けた。マウリツィオの甘ったるい笑い顔が目に入り、どっと不安に襲われる。

「これがなんだかわかるか？」

マウリツィオは焦げ茶色の木片のようなものを指でつまんで史哉に見せた。

親指より一まわり小さなそれは、木の枝か根っこのように歪な形で表面がつるつるしている。

何かいやな予感がして、史哉は唇を震わせた。

「砂漠には色々とお宝がある。たっぷり金を稼がせてくれる石油もそうだが、この香木はまた別の天国を見せてくれるものだ」

「なん……ですか？」

史哉は我慢できずに口を開いた。

「答えは自分の体で知るといい。さあ、おまえの孔に入れてやる」

逃げる暇はなかった。のしかかったマウリツィオの指でいきなり狭い入り口が開かれる。そして次の瞬間には香木を中に埋めこまれた。

「あ、く……っ」

あやしげなものは抵抗なく後孔に入ってしまった。マウリツィオは指を使い、それをさらに奥深くへと押しこむ。

「うまそうにのみこんだな、フミヤ。こんな小さなものじゃ満足いかないだろうが、すぐに効き目が顕れるはずだ」

意外にもマウリツィオは史哉の体から手を離し、ベッドから下りてしまう。

史哉はほっと息をついた。

痛みはなく、ただ異物を入れられたいやな感触だけが残っている。

マウリツィオはベッドサイドの椅子に腰かけて、グラスに注いだワインを飲んでいる。

体にはなんの変化も起こらない。いったい何が目的のものだろうと不思議に思った時だった。

ぞわり、と何かがうごめいた。

次の瞬間、体の中でいきなり爆発したような熱気が生まれる。続けて内壁が爛れたようなかゆみに襲われる。

「あ、いやっ……何、これ……いやだっ」

史哉はびくびく痙攣したように体を震わせた。

耐え難い衝撃が中で起こっていた。香木を包んだ壁がいっせいにうごめきだし、ひくひくかってに収縮している。

「さっそく効きだしたようだな。どんな気分だ?」

ワインを飲み干したマウリツィオがベッドの上に戻ってくる。史哉は涙を溢れさせながら悪賢い男を見た。

「こ……これは、何?」

「砂漠のお宝さ。詳しいことは知らないが、水のない砂漠で貪欲に根を伸ばす潅木の一種だ。強烈な催淫効果がある。それを使われた者は何回でも達きっぱなしになるそうだ」

「そんな……っ」

息をのんだそばから、香木がその効力を発揮する。

体中が熱くなり、性器も一気に張りつめる。内壁がひくひくと疼いてたまらない。とてもじっとしていられなくて、史哉は腰をくねらせた。

「すごい乱れようだな。おまえのように一見取り澄まして冷たく見えるやつほど効き目がある。淫らな姿にはそそられるぞ。ゆっくりと見物させてもらおうか」

「あ……く、ううっ」

ざわざわしている内壁を思いっきり何かで擦ってほしい。

マウリツィオにすがって許しを請いたかった。でもかすかに残った意地で史哉はそれを堪える。

「達きたいなら、手伝ってやろうか？」

マウリツィオは意地悪く張りつめたものを握りしめた。

「ああっ」

軽く触られただけで史哉は限界を超えた。マウリツィオの手にどくどくと白濁をこぼしてしまう。

恐ろしいことに、吐きだしてもまだ中心は高ぶったままで、萎えることがない。それどころか達した煽りで内壁の疼きがさらにひどくなっている。

太い杭で掻きまわされないと治まりそうもなかった。

がくがくと体中が震えた。

たまった熱と香木のもたらす甘美な毒で頭が朦朧となってくる。

「や……これもう取って……お願いだ」

史哉は涙をこぼしながら、とうとう許しを請う言葉を口に載せていた。

「まだまだだな。もっと淫らな姿を見せてみろ。わたしを求めて泣き叫んでみろ」

マウリツィオは史哉の足を広げ、灼けただれている谷間に指を差しこんだ。乱暴に掻きまわされて、史哉は腰を突き上げるように仰け反った。

強烈な快感と、それを上まわる飢餓で、気が狂いそうだ。

「ああ……あっ……助けて……ラシ……」

史哉は、うわ言のように愛しい人の名前を呼んだ。

その時、突然ガタンと何かが倒れるような音が耳に届く。

同時に上にのしかかっていた重みが一気に取り払われた。

「フミヤ!」

ああ、この声……!

史哉は懸命に目を見開いた。

するとぼんやりしていた視界いっぱいに精悍な男の顔が映る。

きっと夢だ。

そうじゃなければ、香木が見せた幻覚だ。

でも、心配そうに覗きこんでくる真っ青な瞳はラシッドのものだ。史哉が熱砂の砂丘で運命の恋に落ちた相手……。

現実のラシッドには思いを伝えることさえできなかった。抱かれていても胸が苦しいばかりだったけれど、夢の中でなら応えてもらえるかもしれない。

史哉は幻の恋人をつかまえようと、必死に指先を伸ばした。

「あ、ラシ……ド……愛して……」

掠れた声で呼びかけると、ふわりと上体を起こされて抱きしめられる。

史哉はぐったりした腕で懸命にラシッドにすがりついた。夢でも幻覚でも、ただラシッドに会えたのが嬉しくてしがみつく。

「フミヤ、もう大丈夫だ。アーマヤとカズヤも無事に助けだしたぞ」

しっかりと大きな胸に抱きしめられているうち、朦朧としていた意識が徐々にはっきりしてくる。

力強い腕は現実のものだった。夢だとばかり思っていたのに、目の前にラシッドがいる。

「ラシッド……ほんとに、ラシッド？」

「サリムから、おまえが一人でマウリッツィオに会いに行ったと聞いて、死ぬほど心配したぞ。わたしがどれだけ怒っているかわかるか、フミヤ？　こんな目に遭わされて！」

怒りに燃えているようなラシッドに、史哉はがくがくと上体を揺らされる。

「あ……マウリッツィオは？」

「そこで伸びてる。おまえにこんな真似をして、殺してやってもいいぐらいだったが」

ラシッドの指差す方を見て、史哉は初めてマウリッツィオが情けなく床に転がっているのに気がついた。そしてすぐ、自分がどんなひどい格好だったかにも思い至って真っ赤になる。

ラシッドは着ていたカンドーラを脱いで史哉の体を包みこんだ。そのままぎゅっと抱きよせられ、史哉は広い胸に涙でぐしゃぐしゃになった顔を埋めた。

ラシッドは長い間優しく史哉を抱きしめていた。そしてため息をつくような囁きを漏らす。

「フミヤ……おまえを愛している」

「うそ……だ」

耳に届いた言葉が信じられなくて、史哉は小さく首を振った。

「うそじゃない。空港で初めて会った時からおまえに惹かれていた」

ラシッドはとまどう史哉を宥めすかすように髪を撫でる。

心臓がどきどきと高鳴りだしていたけれど、まだ信じられない気持ちが強い。

「砂丘でキスをした時には、すでに引き返せないところまできていたように思う。自分の妹に嫉妬までしていたからな。だがわたしには家族に対する責任がある。アーマヤが無事に戻るまでは、おまえに本心を告げることができなかった。いやがるおまえを無理やり自分のものにしたのも、離したくなかったからだ。許せ……今までつらい思いをさせて悪かった」

真摯な告白は、じわりと少しずつ染みとおってくる。

史哉は胸を震わせながら、精悍な顔を見上げた。

「ぼくも……ラシッド、ぼくもあなたが好きです。空港で助けられた時から忘れられなかった。弟の身代わりになってあなたを騙していたことが、つらくてたまらなかったんです。だから無理やり抱かれたなんて、思ってません」

恥ずかしさを堪えて思いを口にすると、青い瞳が一瞬驚いたように輝きを増す。

それからラシッドは弾かれたように力をこめて史哉を抱きしめた。

「愛している、フミヤ」

「ぼくも……」

史哉はひしと運命の恋人にすがりついた。

ラシッドはじっと史哉を見つめ、唇にそっと触れるだけのキスを落とす。

優しい感触が嬉しくて、涙がこぼれた。

「フミヤ、他の部屋で物音がしなくなった。マウリッツィオの手の者も全員片づいたようだ。ともかくここを出てサマイに戻ろう。アーマヤもカズヤも、サマイの王宮でおまえを待っているはずだ」

ラシッドは史哉の涙を指先で拭いながら、状況の説明をする。

「二人ともサマイにいたんですか？」

「そうだ。マウリッツィオのホテルから無事に助けだしたから安心していい」

史哉は初めて自分が騙されていたことを知った。でも悪どいマウリッツィオはラシッドが倒してくれたのだから、もう何も心配することはないのだ。

「二人が無事でよかった……ラシッド……ぼくのことも助けにきてくれてありがとう」

「おまえが無事で本当によかった」

ラシッドに抱き上げられた史哉は、また新たな涙で頬を濡らした。


夜の砂漠には満天の星空がどこまでも広がっている。

史哉は、ラシッドが駆ってきた白い馬の背に乗せられていた。

月はとっくに沈んだあと。でも星の輝きがぼうっとあたりの起伏を浮かび上がらせている。熱砂の砂丘も夜は冷気に包まれる。けれどカンドーラにくるまれ、背後からしっかり抱かれながら進む史哉には、どんな寒さも届かない。ただ目の前の壮大な夜空に目を奪われる。

「あれは天の川？　あんなに真っ白なのは見たことがない」

「夏にはもっと空一面に白い道ができる」

背中には愛するラシッドの体温があって、これ以上ないほど幸せだった。

けれど馬の背で揺られているうちに、史哉は少し困った状態になった。

ゆっくり伝わる振動が最奥の疼きを再燃させ、どんどん体が熱くなっている。

恥ずかしくて、とてもラシッドには白状できない。それでなくともマウリツィオに嬲られていた姿を見られている。まだ体内に香木が入ったままだとは、どうしても言えなかった。

しかし香木の効き目は間断なく襲いかかってくる。しかも背中から史哉を抱きしめているのはラシッドなのだ。ちょっと触れられただけでも感じてしまうのに、催淫効果までがプラスされてはどうしようもなかった。

「……ん……んふ……は……ん」

気をまぎらわせようと何度も息をついているうちに、それが喘ぎになってしまい、とうとうラシッドに様子がおかしいと気づかれてしまう。

「フミヤ、どうした？　馬に酔ったのか？」

「ち、違います。なんでもない……から……あ」

ラシッドは後ろからそっと史哉の額に手のひらを当てる。

熱っぽくなった体には、ひやりとした感触が心地いい。でも触れられたことで、さらにびくっと大きく反応してしまう。

「やはりおかしいな。熱があるようだ」

ラシッドはひらりと馬の背から飛び降りた。そして史哉の体も抱き下ろす。

大きく動かされて、さらに体内がうごめいた。

「あ……っ、んっ」

うめきを噛み殺した史哉に、ラシッドはますます不審の眼差しを向けてきた。

砂地に横たえられて、脈を取られる。

ラシッドは自分のカンドーラを史哉に着せたせいで、袖なしの下衣にズボンだけの姿だ。でもどんな格好でもどんな時でも見惚れずにはいられない。

熱のこもった目で見つめていると、本当に心配そうに覗きこまれる。

「脈も速くなっている。どうしたフミヤ？　大丈夫か？」

「あ、香木が……な、中に入ったまま……」

史哉は仕方なく吐息をつくように白状した。

「ラシャの木か？　くそっ、マウリツィオ、やはり殺しておくべきだった」

ラシッドは激しく吐き捨てて、すぐに史哉の体を包んでいたカンドーラを開いた。

下にはもともと何も着けていない。下肢を露わにされて、史哉は首を振った。

「やあ……っ」

外気に触れた性器は恥ずかしげもなく張りつめている。なのに両足を広げられ、星明かりの下に、谷間までさらされてしまう。

ラシッドはためらいもせずに、長い指を埋めこんだ。

「あ、いやっ」

「少しの辛抱だ。我慢しなさい」

ラシッドはそう言って、奥を探り始めた。

眉間にくっきりと皺が刻まれ、相当怒っていることがわかる。史哉は何も言えず、おとなしくラシッドに身を任せた。

しかし香木は小さくてしかも表面がつるつるしている。なかなか指に引っかからないようで、史哉はますます困った。

ぐるりと指をまわされるたびに、狭い後孔で香木の位置が変わる。

「ああっ、くっ」

故意にされたわけではないのに香木が敏感な場所に当たり、史哉はそのたびに腰をくねらせた。

「フミヤ、もう少しだ。達きたいなら達っていい。我慢するのはつらいはずだ」

ラシッドは空いた手でそそり勃ったものを包む。

疼いてたまらない場所を指と香木で掻きまわされているのに、このうえ前に刺激を受けてはどうしようもない。

「い、いやっ、は、早く出して！」

ぎゅっと目を瞑って羞恥に耐えていた史哉は、強烈な快感で激しく頭を振った。

もう達きたくて達きたくてたまらない。でも抱かれているわけでもないのに、一人で達してしまうのはいやだ。

「一本じゃだめだな。指を増やそう」

「あっ、いやっ、ああーっ」

もう一本中を探る指を追加され、史哉は泣き声を上げた。

二本の指と香木はばらばらに動いて、感じる場所に当たる。

快感を堪えきれず、史哉は涙を溢れさせた。

「出ないな……仕方がない」

ラシッドは疼く場所から指を抜き取った。

香木は残されていたが、今度はとたんに物足りない思いにもとらわれる。

「早く……お願いラシッド」

史哉は熱に浮かされたように囁いた。それと意識したわけではないが、淫らに腰を揺らしてラシッドに行為をねだる。

「待ちなさい。とにかく先に一度達かせてやるから」

ラシッドはそう言ったかと思うと、ぐいっと史哉の腰を持ち上げた。

何をされるのかと、史哉は一瞬我に返る。

ラシッドのまがまがしく兆したものが、ひくついている谷間にあてがわれていた。

「ラシ……まさか……いや……まだ中にあれが……いやだ、ラシッド、いやあ――っ」

きつく抱きしめられて、一気に貫かれた。

灼熱の塊に押され、香木がぐっと奥まで押しやられる。

強烈な快感で、まぶたの裏にまで閃光が走る。

「フミヤ、愛している」

耳元で熱く囁いたかと思うと、ラシッドはすぐに腰を使いだす。

「あっ……はぁ……ああっ」

奥を大きくえぐられるたびに香木が動いた。今まで感じたことのない最奥まで、めちゃくちゃに掻きまわされる。

「い、いやっ、動かないでっ！」

ぐいっと突き上げられて、史哉は悲鳴を上げた。

すると浮かせた腰にラシッドの両手が差し入れられ、これ以上ないほど深く貫かれたままで動きが止まる。

感じすぎておかしくなりそうだった史哉は、ラシッドの首筋にかじりついた。

必死に息を整えていると、また中の疼きが強くなってくる。

どくどく力強く脈打つものを、史哉は無意識にぎゅっと締め上げた。反動で位置のずれた香木が敏感な壁を撫でる。小さな刺激はよけいに疼きを大きくした。

もっと強く擦ってほしい。

けれど史哉の要求を聞き入れたラシッドは、じっと動きを止めている。

史哉はもどかしさのあまり腰を揺らせた。

「あ、お願い、ラシッドっ」

自分で動くなと言ったことも忘れて訴える。

「なんでもおまえの望みどおりにしよう。今度は何をすればいい？」

「もっと、う、動いて！」

かあっと頬を染めながら、史哉は淫らな願いを口にした。

とたんに、ぐっと突き入れが再開される。ラシッドは弱い場所をえぐるように腰を前後させた。

奥を突かれるたびに、恐ろしいほどの快感に襲われる。自分が自分でなくなってしまうようで恐くなった。

「やっ、やあーっ、動かないで」

たまらず叫んだ唇に、ちゅっと宥めるようなキスが落とされる。

「フミヤ、だったらおまえが好きなだけ動けるように体勢を変えよう」

ラシッドは繋がったままで史哉を抱き上げた。そして自らは砂の上に倒れてしまう。逞しいものをくわえたままで馬乗りにさせられて、史哉はかっと羞恥に襲われた。

「こ、こんな、恥ずかしい」

「砂丘にいるのはわたしたちだけだ。誰も見ていないから気にするな」

「でも……っ」

「感じすぎて恐いのか？　大丈夫、それは香木のせいだ。さぁわたしがしっかり支えているから心配ない。少しずつでいいから好きなように動きなさい。愛しているから、フミヤ」

優しい言葉にそそのかされ、史哉は少しずつ動き始めた。

最初は恐る恐るだった動きはしだいに大胆になる。

「あ、ああっ」

ラシッドは時折下から腰を揺すり上げて、史哉をさらに惑乱させた。

月のない星明かりだけの砂丘で、史哉は淫らに腰をくねらせる。

愛しいラシッドの熱を体いっぱいに感じながら、どくんと欲望を噴き上げた。

どっと前屈みに倒れこんだ史哉を、ラシッドはしっかりと抱きとめる。

体内のざわめきはまだ残っていた。淫らにうねる内壁に応えるように、ラシッドもまた熱を取り戻している。

「やっ、また……」

「いくらでも達っていい。わたしがそばにいる。フミヤ」

「あ、ラシッド、愛してる……」

砂丘での交歓は朝日が上る直前まで続いた。

香木の効力が切れ、史哉が完全に気を失ってしまうまで。

「フミヤ！　心配したよ」

歓声を上げながら、一番に抱きついてきたのはサリム王子だった。

ラシッドには内緒にと固く口止めして出かけたが、途中でどうしても心配になったというサリムの報告で、史哉は危ないところを救われたのだ。

マウリツィオのヴィラから助けだされた翌日の夕方、ラシッドの居室でのことだ。

気を失ったままで王宮に戻った史哉は、そのままラシッドのベッドでぐっすりと眠り、ようやく香木の影響から解き放たれたところだった。

「史哉……！」

次に声をかけてきたのは、砂漠で行方不明になり、マウリツィオのホテルに軟禁されていた和哉だ。無事な姿を見ただけでじわりと涙が滲んでくる。

「心配かけて、ごめん」

和哉の顔も泣くのを我慢しているように歪められている。後ろには清楚な白いワンピースに身を包んだアーマヤ王女が、慎ましやかに立っていた。

史哉を助けてくれたのはラシッドだったが、ホテルに閉じこめられていた二人は、その少し前に、ファラサン警察の手で解放されていたのだ。

マウリツィオのホテルで非合法のカジノが開催されているとの情報が前々から届いており、秘かに内偵が進められていた。ラシッドがマウリッツィオの要求を退けたのには、そんな裏の事情があったのだ。マウリッツィオのホテルは一斉検挙の対象になり、しばらくの間は営業停止。本人はファラサンから強制退去させられていた。

すべてが丸く収まった今、史哉がただ一つ気になっているのは和哉とアーマヤ王女のことだ。でも心配するまでもなく、和哉は自分でラシッドと正面から向き合っていた。

「皇太子殿下、このたびはご心配をおかけして申し訳ありませんでした。でもぼくとアーマヤは本当に愛し合っています。生涯離れないと誓い合った。どうか結婚をお許し下さい」

和哉はラシッドの発する威圧感に負けず、堂々とした態度で頭を下げる。

「カズヤ、アーマヤとのこと、条件次第では認めよう。君がアーマヤを連れていくなら、わたしは代わりに君の家族を一人もらい受けることにする。フミヤと交換だ。それならアーマヤとの結婚に尽力することを約束する」

「えっ、史哉って……うそ」

和哉は虚を衝かれたように史哉を振り返った。

驚きの眼差しで見つめられ、史哉はかっと頬を染めた。

和哉は弟だ。でもこんなに堂々と関係を明かされて恥ずかしい。史哉はついラシッドの方へ視線を泳がせてしまい、それでかえって和哉を納得させてしまう。

「おれだけじゃなく、史哉もなんだ？　熱砂の国ファラサンで運命の恋に落ちたのは……」

史哉はじっと和哉を見つめ返しながら、こくりと頷いた。

すると横からラシッドの腕が伸びて、しっかりと腰を引きよせられる。

「アーマヤの婚約を解消しなければならないし、ロンドンの大学に行っている弟を説き伏せて、ファラサンを継がせる算段もしなくてはならない」

「ラシッド？」

「これから忙しくなる。すべてがうまくいったら、わたしは砂丘で水脈を掘ることに専念しよう。もちろんフミヤと一緒にだが」

かけられた言葉の数々が嬉しくてたまらない。

ラシッドはしっかりと史哉を抱きしめ、まわりの者が驚きの声を上げる中で熱い口づけをする。

ファラサンの砂丘で運命的な恋をした。

今、その恋が成就した幸せを噛みしめながら、史哉は恋人の口づけに精一杯応えていた。


——　ＥＮＤ　——

砂丘の婚礼

1

――この地を侵す者に厄あれ。

ファラの女王、レーヴァが剣を振り下ろした瞬間、天から稲妻が走った。この世の終わりかと思われるほどの大音響を立てて硬い岩が崩れる。侵略者たちは真っ二つに裂けた大地の隙間に吸いこまれていった。

麻生史哉《あそうふみや》は机の上に分厚い革表紙の歴史書を広げ、ファラサンに伝わる神話の一説を夢中で読み耽っていた。

王宮の一角にある図書室には、蔵書数五万冊余、個人所有としては破格の数の本が、林立する背の高い書棚に収められている。

書棚と書棚の間にはかなりスペースが割かれており、それぞれにどっしりとした机と椅子、それと窓際にはカウチが置かれている。どの分野の本を手にしても、気持ちよく読書や調べものができるようにと配慮されているのだ。

熱砂の国だけあって外は厳しい暑さだが、空調の効いた室内にはその熱も届かない。他に利用する者もいない図書室はしんとした静寂に包まれていた。

子供の頃から読書好きだった史哉にとって、何もかもが贅沢な図書室は楽園に等しい場所で、最近ではここで日中の時間をすごすことが多くなっている。

神話に触発された史哉は、砂漠の雄大な景色を思い浮かべた。

どこまでも続く青い空とコーラルピンクの砂丘。その中に古い城塞の跡があった。今は風による砂の浸食で、遺跡は半分以上地中に埋もれているが、古い時代あそこにはオアシスがあり、あたり一面緑に覆われていたのだという。

交易都市として栄えたあの城塞には、どんな人々がいて、どんな暮らしをしていたのか。

遺跡に案内してくれたのはこの国の皇太子、ラシッドだった。砂漠の緑化という壮大な夢を語ってくれた時の澄み切った青い瞳を思いだすと、今でも胸が震えてくる。

何故ならファラサンの皇太子は、史哉にとって恋人とも言える存在だから……。

史哉は疲れてきた目をそっと閉じた。

双子の弟、和哉《かずや》の身代わりを引き受けて以来、眼鏡をやめたのだが、コンタクトを使うことにはいまだに慣れない。

激変した環境もそうだ。

今までずっと平凡な人生を送ってきたのに、史哉は日本を遠く離れた熱砂の国で、同性の、しかも王族のラシッドと運命の恋に落ちた。

そして恋人と共に王宮内で、これ以上ないほど贅沢な暮らしをしているのだが、今でも信じられない気持ちが強く、時折自分の頬をつねってみたくなるほどだ。

史哉はほっと息をついて、伏せていたまぶたを開けた。

古代のロマンに思いを馳せていたはずが、いつの間にか自分自身の恋に気持ちが飛んでいた。

恋人の面影を頭から追いやって、ページをめくろうとした時、背後にふと人の気配を感じる。

「こんなところに隠れていたのか、フミヤ」

耳にいきなり官能的な声が届き、ぞくりと体が震えた。そして振り返るよりも早く、椅子の背もたれ越しに長い腕で抱きしめられる。

「ラシッド」

史哉はため息をつくように恋人の名を呼んだ。

「部屋でわたしを待っているとばかり思っていたのに、こんなところで何をそんなに夢中になっているのだ?」

いつも威厳たっぷりなラシッドなのに拗ねたような口ぶりだ。恋人が見せたギャップに史哉は思わず口元をゆるめた。

「ごめんなさい。ファラサンに伝わる神話を読んでました」

そっと首を曲げて整った顔を見つめると、ラシッドは優しげに青い目を細める。そして厳かな口調で語りだした。

「この地を侵す者に厄あれ――ファラの女王、レーヴァが剣を振り下ろした……」

今し方読んでいた神話の一説を披露され、フミヤは目を見開いた。

「どうしてわかったんですか？」

「ロマンチックな答えを期待していたなら、がっかりさせるようだが」

ラシッドはそう言って、机の上の本を指差した。

開いたページには、まさにそのシーンを表す大きなカラーイラストが描かれている。

史哉は馬鹿な質問をしたことが恥ずかしくなった。よくよく考えてみれば、ラシッドが生まれた土地の神話に親しんでいるのも当たり前の話だ。

「よほどその神話が気に入ったようだな」

「ええ、大好きです」

「砂漠の南、アトーラ地区には、そのレーヴァの宮殿じゃないかと言われている場所があって、今ちょうど発掘が進んでいる」

「ほんとですか？」

「まだ証明されたわけじゃないが、夢見がちな考古学者たちは期待しているようだな」

「アトーラにレーヴァの宮殿が……ぜひ行ってみたいな」

思いがけない話で夢が膨らんだ史哉は、甘えるようにラシッドの胸に頭を預けた。

「アトーラにはそのうち連れて行こう。しかし最近のおまえはいつもここにこもっているな。読書はいいが、わたしがそばまできても、しばらく気づきもしなかった。がっかりしたぞ、フミヤ」

「すみません。でも執務のお邪魔をしてはいけないし、和哉も日本に帰ってしまったし、何もすることがなくて」

旅行ジャーナリストの和哉は、一週間ほど前に恋人のアーマヤ王女をファラサンに残したままで日本に帰国した。今後の仕事の調整をするためだ。でも史哉の方はラシッドの強い希望もあって、帰国をずっと延ばしている。

王家の客人として、何もせずにのうのうとしているのは肩身が狭い。将来は何かラシッドの役に立つような仕事をしたいと思っているが、母校の図書館で司書をしていた史哉には、特別な才能があるわけじゃなく、今はただ暇な時間を図書室ですごしているだけなのだ。

「ここでの暮らしに不満があるのか？」

「いえ、そんなことは……」

心配そうに訊ねられると、申し訳ない気持ちになってしまう。

最初は苦しい片思いだと思っていたのに、ラシッドからも愛されていることがわかり、史哉は幸せの絶頂にいる。そばにいられるだけでいいと思う心に偽りはない。

「おまえのためにもっと時間を割いてやりたいが、今はまだ仕事が山積みしている」

ラシッドの優しさが身に染みて、胸がじわりと温かくなる。

「ぼくのことなら平気ですから……でも、そろそろ一度日本に帰ろうかと」

職場だった大学併設の図書館には、すでに退職する旨を連絡してある。でもきちんと挨拶に行きたいし、住んでいたマンションの解約もしなければならない。実家の両親にもこれから先ファラサンで暮らすことを直に報告したかった。

しかし史哉の言葉にラシッドは難色を示した。

「もう少し待て。おまえを一人では帰したくない。公務が一段落したらわたしも同行する」

ひとときも離したくないのだ、と耳打ちされて、史哉は頬を染めた。

ラシッドに腕を引かれて、そっと席から立ち上がる。

恋人は史哉より頭一つ背が高い。彫りの深い顔に澄み切った青い瞳。史哉は白のカンドーラの胸に抱かれ、上向きでキスを受け入れる。

最初は軽く、ついばむようだった口づけは、すぐに情熱的なものに変わる。

「んんっ……ん」

息苦しさに喘いだとたん、するりと舌が忍びこむ。歯列の裏をくまなく舐められると、それだけで一気に体が熱くなった。絡めた舌を根元からしっとり吸い上げられると、我慢できない疼きが生まれる。

互いの唾液が混じり合い、唇の端からこぼれてしまうほど濃厚なキスを受けて、史哉は遅ればせながら体をよじった。

「どうした？　わたしのキスを拒むとは許せないぞ」

「あ、だ……だって……」

史哉はラシッドの首筋に両腕を預けたままで切れ切れの声を出した。

キスはいやじゃない。

でもラシッドに口づけられると、いつも歯止めが利かなくなる。すでに体の芯が熱くなっているのに、このままキスを続けられるとどうなってしまうか心配だ。

「おまえだってわたしを求めてくれているだろう？」

ラシッドの方には史哉を離す気などさらさらないようで、熱っぽい台詞と共に、さらに強く抱きしめられる。

「や、だめ」

「どうした？　何か都合の悪いことでもあるのか？」

ラシッドは笑いながら、腰にまわした手に力を入れる。

ぴったりと下肢を合わされて、史哉はますます焦りを覚えた。

「あ、待って、待って下さい」

ラシッドは史哉の制止も聞かず、腰を引きよせたままで双丘を撫でまわす。

カンドーラの下にはラシッドの長くて逞しい太股がある。そこに押しつけられた史哉の中心は、キスされただけで高ぶっていた。おまけにズボンの布越しに微妙なタッチで双丘を揉まれると、足の力まで抜けてしまう。

「ら、ラシッド、だめ……っ」

史哉はがっくりとラシッドにしがみついた。キスだけで腰砕けになっているのに、そのうえ敏感な場所を刺激されてはたまらない。

「だめなことはないだろう。すぐに熱くなるのはわたしも一緒だ」

耳元で息を吹きこむように囁かれる。

ラシッドの中心も熱い変化を起こしていた。それを感じ取った史哉はさらに頬を染めた。

求められているのは嬉しい。でも図書室の中だ。いくら広くても、奥の小部屋にはここを管理する人たちがいるし、誰かがふいに何かの用事でやってこないとも限らない。書棚の陰で怪しげな行為に及んでいるのを見られては、大変なことになってしまう。

「ラシッド……ここでこれ以上は」

史哉は懸命に腕を突っ張ってラシッドを押しのけようとした。けれどいたずらな手は器用にズボンのベルトを外し、中まで潜りこんでくる。

「おとなしく寝室で待っていなかったおまえが悪いんだぞ。ここから寝室までどれだけ離れていると思うのだ。とても我慢などできない」

恋人は甘い台詞で史哉を責め立てる。

「でも、司書の人が」

「大丈夫だ。しばらく席を外すように言ってある」

ラシッドは簡単に史哉の抗議を封じこめて、シャツの裾を引きずりだす。

この行為は最初から計画的だったのだ。

後ろにまわった手で直接背筋を撫でられ、史哉はびくりとすくみ上がった。

ラシッドは素直な反応に満足したように笑みを浮かべ、シャツの中に入れた手を動かす。

「あっ」

敏感な脇腹から前にまわった指は、すぐに胸の突起を見つけだした。くいっと親指で押し潰されると、かっと全身に刺激が走る。

「やっ、やあ……っ」

史哉はカンドーラの胸にしがみつきながらも、首を横に振った。

ラシッドに抱かれるようになってからまだ数週間にしかならないが、史哉の体は大きく変わってしまった。すぐわけがわからなくなるほど感じてしまうから、こんな公共の場所でこれ以上の行為に及ぶのは恐い。

「フミヤ、おまえをかわいがりたいだけだ」

ラシッドは宥めるように囁き、史哉の腰を抱いたままでゆっくりと床に膝をつく。

下から見上げてくる青い目は欲望に濡れたように光っている。

「ラシッド……」

ぽつりと名前を呼ぶと、ラシッドはそっと下着ごと史哉のズボンを引き下げた。

ぶるんと勢いよく、張りつめた性器が飛びだす。

あまりの恥ずかしさで、史哉は思わず両手で自分の顔を隠した。けれどそのせいで、下半身がよけい無防備になってしまう。

「あ、くう……っ」

露わになったものはいきなりラシッドの熱い口腔に含まれた。ぬめった感触に覆われて、小刻みに腰が震える。

気持ちよすぎて、どうにかなってしまいそうだ。

喉の奥までのみこまれ、そのあとじわりと蜜の滲んだ先端を舐めまわされる。絶妙な舌使いに翻弄され、史哉は一気に高ぶった。図書室の静寂の中に、ぴちゃりと濡れた音が響く。

「や、音……やあ……」

自分の前に跪いているのはファラサンの皇太子だ。いつも威厳たっぷりで執務をこなしているのに、今はいやらしく音を立てながら史哉の中心をしゃぶっている。

いくら目を閉じていても、その姿を想像してしまう。そして耳に届く卑猥な音は、さらにその想像を掻き立てる。

羞恥で頭がおかしくなりそうだった。

腰を引こうとしても、机の端に押しつけられているせいで果たせない。

「ああっ、あっ」

解放を促すように強く吸引され、史哉は思わずカフィーヤに覆われた頭をつかんだ。

必死に我慢しようとしても、膨れ上がる欲求は堪えようがない。

「やっ……だめっ、あ、出るっ」

今にも達しそうになった時、ラシッドは口からするりと性器を離し、代わりに指できゅっと根元を締めつける。

吐きだす寸前で欲望を堰き止められて、史哉は激しくかぶりを振った。

「どうして……っ」

涙の滲んだ目でにらむと、ラシッドは熱っぽく見つめ返してくる。

「おまえを気持ちよくしてやろうと思ったのだが、わたしも我慢できなくなった」

「そ、そんな」

史哉はすくみ上がった。ラシッドは本当にここで最後までするつもりなのだ。

反射的に逃げだそうとしたところを、すばやく立ち上がったラシッドに阻止される。史哉はそのまま後ろ向きで、机に手をつくポーズを取らされた。

「もっと足を開いてごらん」

「いやっ」

史哉は抵抗したが、ラシッドの膝が間に入り、すぐに両足を割られてしまう。

立ったままで机に突っ伏して、腰だけ差しだす恥ずかしい格好だ。

ラシッドは白い双丘を散々撫でまわしたあとで、後孔にも指を忍ばせてくる。

「やっ、そこはやだ。お願い、そこは」

ゆるゆる何度も狭間を刺激され、史哉はびくびく震えながら懇願した。

「おまえのこんな色っぽい姿を見せられて、止まると思うか？」

「こ……ここは図書室なのに」

「そうだ、図書室だ。誰かが入ってきたら、見られてしまうかもしれないな」

「やあ……」

羞恥を煽るような台詞に、史哉は腰をくねらせた。

「だからゆっくりかわいがってやる余裕はない。悪いがフミヤ、これで我慢しろ」

いきなり後孔にどろりと冷たいものがかけられる。

「ひっ……」

ラシッドの長い指は潤滑剤のぬめりを借りて苦もなく中に潜りこんできた。そしてくいっくいっと狭い孔を広げるような動きをする。

「あ、ああっ」

一番感じる場所を指でえぐられ、史哉は我知らず高い声を放った。

脳天まで突き抜けるような快感で、ぎゅっとラシッドの指を締めつける。

「おまえもわたしをほしがっているようだな。ちょっときついかもしれないが我慢しなさい」

潤滑剤をたっぷり塗られた場所に、ラシッドの猛々しいものがあてがわれる。

「い、いや……あう……っ」

ずぶりと音を立てそうな勢いで太い先端が埋めこまれる。衝撃で、史哉は弓なりに背をそらせた。

「さあ、力を抜いて全部のみこんでくれ」

「ああ……あああ……」

宥めるように双丘を撫でられる。けれどラシッドの硬い切っ先は狭い内壁を無慈悲に押し広げて奥まで進んだ。

「いい子だフミヤ。気持ちいいぞ。おまえの中はいつもとろけそうに熱い」

「い、いやっ、まだ動かないで」

ゆっくり左右に腰を揺さぶられて、史哉は泣き声を上げた。

「まだきついか？　それならおまえが慣れるまで無理には動かない」

前にまわった手で張りつめたものをやわらかく揉みしだかれる。

ラシッドは空いた手をシャツの間に差し入れ、過敏に尖った乳首もいじってきた。

きゅっと先端をつままれると、痺れるような快感に犯され、圧迫感だけが強かった内壁から緊張が解ける。すると中に居座ったものの存在をよけいに意識させられる。

ラシッドはこれ以上ないほど奥まで達し、熱く脈打っていた。史哉の壁はその力強い脈動を悦ぶようにしっとりとまとわりついている。

「あ、やだ……」

乳首や性器を刺激されるたびにぎゅっと中のラシッドを締めつけてしまい、生々しい形がよりリアルになる。

「そう、とても上手だ。そうやって締めたりゆるめたりして、わたしを悦ばせてくれ」

「やっ、そんな……違うから……っ」

顔から火を噴きそうなほど恥ずかしい台詞に、史哉は首を振った。

立ったまま背後から獣のように犯されているのに、ぴったりラシッドを食んだ内壁はかってにうごめいている。

「熱く絡みついてくる。そろそろ動いてもいいいな」

「あっ、やっ、まだ……っ」

ラシッドはゆっくり出し入れを開始した。

ぎりぎりまで抜き取られ、ぐうっと奥まで押しこまれる。そのたびに敏感な内壁が擦られ、熱い疼きが湧き起こる。

ラシッドの手に包まれた中心からも、とろとろとひっきりなしに蜜がこぼれ落ちた。

「いっぱい溢れているな。気持ちいいのか？」

「い、いやあ……」

鰓の張った太い切っ先で弱いところをいやほど擦られ、びくびく腰が揺れた。

引き抜かれる時はぎゅっと締めつけ、戻される時は力をゆるめて逞しいものを貪欲に奥まで受け入れる。

史哉は否応なくラシッドの動きに巻きこまれ、灼けるような快感を貪った。

もうここがどこかはどうでもよかった。誰かに見られたらという恐怖さえ忘れ果て、ラシッドのもたらす快楽だけに夢中になる。

「ああっ、やあぁ――っ」

史哉は高い声を放ちながら、ラシッドの手に白濁をこぼした。

ほとんど同時に最奥に熱い飛沫がかけられる。

「フミヤ、愛している」

史哉は頭が真っ白になりそうなほど深い陶酔の中で、情熱的に囁く恋人の声を聞いた。


「殿下、お飲物は何になさいますか?」

「わたしはドライシェリーだ」

夜用にダブルのスーツを着た史哉は、カンドーラに身を包んだラシッドに腰を支えられて王家の家族用ダイニングに到着した。

いつもどおりそこには厳めしい顔をしたハサンが皆を待ち受けており、順にアペリティフのオーダーを訊く。

イスラムの戒律ではアルコールを禁じられているはずだが、ファラサンの現王妃はイギリス出身だ。そんなところから王宮内にはかなり西洋風の習慣が持ちこまれている。そして忠実な侍従は、本場英国の執事も顔負けなほど完璧なサービスを提供するのだ。

「フミヤ様はいかがいたしますか?」

「ぼくはミネラルウォーターで」

少量のアルコールですぐ酔ってしまう史哉は、いつも食前酒を断ることにしていた。

シャンデリアの煌めく広いダイニングルームに入ろうとして、ふと絨毯に足を取られる。昼間図書室で抱かれたせいで、まだ足元がふらついているのだ。

「大丈夫か、フミヤ?」

ラシッドにしっかりと腰を抱きかかえられて、史哉はかっと頬を染めた。

まだ火照りの覚めない顔や潤んだ目を見れば、それこそ何があったのか一目瞭然なのに、ラシッドはさらにそれを強調するように我が物顔で史哉を抱いている。

「平気ですから、もう、は、離して下さい」

史哉は絡みついているラシッドの腕から逃れて自分の席に向かった。

国王夫妻は今スイスに滞在中だ。食卓についているのはラシッドとは腹違いの弟サリム。そしてサリムの双子の妹アーマヤだ。二人ともこの国では珍しい金褐色の髪をしている。

十九歳になるサリムは気取りのない性格で、史哉も日頃から親しくしている。白のダブルスーツを着た姿は、まるでヨーロッパの貴公子のようにも思える。

薄いピンクのイブニングドレスをまとったアーマヤは、理知的で控えめな女性。弟の和哉はようやくアーマヤとの婚約を認められ、今日本で着々と結婚への準備を進めている。

家族だけの晩餐は和やかな雰囲気の中で進んだ。前菜は新鮮な野菜のマリネ。そしてあっさりと味を整えられたコンソメスープ。そして次の魚料理に移った頃に、アーマヤが口を開く。

「お兄様、今日国務大臣の奥様から、ご機嫌伺いのお電話がありました」

「そうか」

国王不在の王家を守っているラシッドは、妹の言葉ににこりともせず短い答えを返した。

「この前は外務大臣のお母様から、お孫さんのことでご相談があると」

アーマヤは少し言いにくそうに続ける。

ラシッドはそんなアーマヤを咎めるように鋭い視線を投げた。

「アーマヤ、何か他に言いたいことでもあるのか？　電話の件がただの挨拶じゃないなら、わたしのところに直接連絡するように言いなさい」

「お兄様……」

ぴしゃりと会話を打ち切られ、アーマヤはそれきり黙りこむ。

舌平目のムニエルを口に運んでいたサリムも途中で手を止め、心配そうに双子の妹を見つめる。

ラシッドは家長の代わりを務める長兄として、時折びっくりするほど弟や妹に厳しい態度を取ることがある。史哉はラシッドがいかに家族思いであるかを知っているだけに、はらはらしながら三人を見守った。

ちょうどその時、タイミングを見計らったようにハサンがテーブルに近づいてくる。

「皇太子殿下、お食事中、誠に申し訳ございません。オックスフォードのスペンサー教授からお電話が入っております。緊急でご相談があるとのことですが、いかがいたしましょう」

「仕方ないな、執務室の方で受けよう。皆、しばらく席を外すが、そのまま食事を続けてくれ」

ファラサンの皇太子として忙しい日々を送るラシッドは、食事中にもよく呼びだされることがある。入り口に控えていた何人かの側近と共に、慌ただしくダイニングを出ていった。

ラシッドの姿が見えなくなったとたん、サリムが持っていたフォークを皿の上に投げだしてため息をつく。

「相変わらず横暴だよな、ラシッドは。フミヤがそばにいるようになって、少しはましになるかと思ったけど全然変わんないや。で、アーマヤ、やっぱりおまえのこと、みんなで責めてるわけ？」

「わたしが婚約解消したことより、皆さんお兄様のことをお聞きになるのよ」

「やっぱりな、まだ諦めてなかったんだ……」

サリムのうんざりしたような顔を見て、史哉はどきりとなった。

きっと自分のことでアーマヤは何か言われたのだ。そんな風に直感する。

「あの、アーマヤ、ぼくのことで何か困ってることがあるんじゃ？」

史哉が水を向けると、青い目が迷うように揺れる。

アーマヤは深窓の育ちだがしっかりとした女性だ。これだけ言いにくそうにしているとは、よほど困っていることがあるに違いなかった。

史哉が眉をひそめると、サリムが見かねたように横から口を出す。

「フミヤは心配することないよ。全部ラシッドがなんとかするさ」

「だから、なんのこと？」

曖昧な言い方をされるとよけい不安を感じる。重ねて訊くと、サリムはやっと真相を暴露した。

「うん、あのね。国務大臣のとこにも外務大臣のとこにも年頃の娘がいるんだよ。ラシッドは皇太子だからさ……その、花嫁候補ってやつ？」

「花嫁？　ラシッドの？」

史哉は青くなって問い返した。

アーマヤでさえ生まれた時からの婚約者がいたのだ。ましてラシッドは世継ぎの皇太子。今まで婚約していなかったことの方がおかしいくらいだ。なのに迂闊にも、史哉は一度もその可能性を疑わず、ただラシッドとの恋に浮かれていた。

「サリム、フミヤにそんなこと言ったらかわいそうだわ」

アーマヤが横から口を出すと、サリムは顔をしかめた。

「だってほんとのことなんだから。隠してたってしょうがないだろう」

「やっぱりぼくのことが、問題になってるんだね」

ここへきて、史哉はやっと理解した。

ラシッドに婚約者候補がいると聞いて、ショックを受けている場合じゃない。史哉がラシッドのそばにいること自体が問題視されているのだ。

ラシッドは史哉のために王位継承権を放棄すると言いだしている。まだ正式発表されたわけではないけれど、もう何週間にも渡って王家のお客として滞在している史哉に、皆不審を抱いているに違いない。

サリムやアーマヤは史哉を気遣っているからこそ、あやふやな言い方しかできなかったのだ。

史哉は胸に何かが詰まっているような苦しさを覚えた。ムニエルの皿が下げられ、美味しそうな匂いをさせている子羊の香草焼きが運ばれてきたが、もう食欲はなくなっていた。

「国務大臣と外務大臣って、昔から家同士で争ってるんだ。どっちの家にも候補になりそうな娘がいるから牽制し合っててさ。今までラシッドに婚約者がいなかったのはそのせいだけど」

「それなら今でもその人たちが花嫁候補ってことだよね?」

サリムの話を聞いても史哉の心は晴れない。

和哉とアーマヤの恋にも身分違いという大きな障害があった。けれどラシッドと史哉は男同士だ。たとえ身分違いがどうにかなったとしても、結婚できるわけじゃない。

「アーマヤにうるさく様子を聞いてくるところを見ると、両家とも諦めてないみたいだね。でもラシッドにはフミヤがいる。ぼくたちに王位は継がないって宣言してたぐらいだし……もっともその噂が伝わったからこそ、みんな慌ててるのかもしれないな。ユーセフ兄さんだって、簡単にラシッドの言いなりになんかならないと思うし」

「サリム、もうそれぐらいにした方がいいわ」

すっかり青くなった史哉を心配してか、アーマヤがさりげなくサリムをたしなめる。サリムは、しまったというように、史哉の様子を窺ってきた。

五つも年下の王子と王女に心配されているようでは情けなさすぎる。もっとしっかりしなければと思うが、聞かされた話の衝撃は大きかった。

婚約者候補がいることもそうだが、ラシッドにはこの国を支えていく義務もある。

短い間だけれど、ラシッドがいかにみんなに頼りにされているか、史哉は散々見てきた。大事な皇太子には、早く結婚して世継ぎを作ってほしいと期待するのが当たり前なのだ。

「フミヤ、ラシッドは横暴なとこもあるけど、フミヤを愛してるよ」

「ええ、お兄様は一度言いだしたことは絶対に撤回しないわ。それに、もしユーセフ兄様が国を継ぐのがいやだとおっしゃっても、まだサリムがいるわ。ね、サリム？」

アーマヤは、重苦しい空気を払拭するように明るい声を出す。矛先を向けられたサリムはきょとんとした顔になった。

「ぼくがファラサンを継ぐの？　そんなのめんどくさいから、いやだよ」

「サリムったら、なんて言い方」

「でもいいや。ぼく、万が一の時には考える。それにしてもユーセフ兄さんはちっともファラサンに戻ってこないいな。ぼく、そろそろスイスの大学へ戻らないといけないのに、今回も会えずじまいだ」

「ユーセフ兄様はよほどロンドンが気に入ってらっしゃるのよ」

二人の話題はラシッドのすぐ下の弟、ユーセフ王子のことに移っていた。

何事につけ、ラシッドそっくりだと聞かされているが、史哉はまだ一度も、この二十五歳になるという第二王子に会ったことがない。

史哉は楽しげに話す兄妹をじっと見つめた。

ラシッドを愛し、ずっとそばにいたくてファラサンに留まることを決めたのだ。

たとえどんなことがあっても、諦めるなんてできない。弟の和哉が勇気を持ってアーマヤとの恋を実らせたように、自分もまた頑張りたい。

この恋を貫くためには、何をすればいいのだろう。少しでもラシッドの重荷にならないようにするには、どうすればいいのか……。

史哉の頭はいつの間にか、そのことだけでいっぱいになっていた。


夕食が終わり、史哉はハサンに伴われてラシッドの居室に戻った。ラシッドは途中で席を外したままで、とうとうダイニングには帰ってこなかった。

天蓋つきのベッドが置かれた寝室と書斎、それと居心地よく調えられた居間。ラシッドの私室は三つの部屋が繋がった豪華なものだ。

室内には薔薇の花がたくさん飾られ、いい香りをさせている。

史哉が客室を使ったのは最初の晩だけで、今は私物もすべてここに運びこまれている。そして史哉用にと用意されたクローゼットには、他にもどっさりと、ラシッドからプレゼントされた服が増えている。またラシッドの仕事中、史哉が退屈しないようにと、パソコンなども専用のものが揃えられた。

すべてが至れり尽くせりで、史哉はまるでシンデレラにでもなったような気分でいる。

しかし、常に身のまわりの世話をする者たちが近くにいて、食事やお茶、果ては着替えまで手伝われ、自分で何一つすることのない生活には、逆に気詰まりを感じることも多い。

史哉は決して王侯貴族のような生活がしたいわけじゃない。だからあまりにも贅沢な暮らしにはいつまで経ってもなじめなかった。

とにかく史哉が人目を気にせずにいられるのは図書室にいる間だけだ。さすがにそこでは勉強の邪魔になると思ってか、ラシッド以外誰もそばによってこない。

史哉は窓際に置かれたソファに腰を下ろし、ゆったり背中を預けて外を眺めた。

磨きこまれたガラスの向こうには、宝石を散りばめたように美しいサマイの夜景が広がっている。暗くなっているのはアラビア海だろう。今まで暮らしていた日本は、その海の遙か彼方だ。

贅沢な生活をさせてもらっているのに、それを負担に思うなど許されないことだ。

史哉は室内を整えていたハサンを振り返り、そっと声をかけた。

「ハサン、訊いてもいいだろうか？」

「なんでしょうか、フミヤ様」

「ラシッドに……皇太子殿下には婚約者候補の方が何人もいらっしゃると聞きました」

ハサンは何か考えこむように、少し間を置いてから口を開く。

「確かに、お后様候補の方は何人もいらっしゃいます」

「どんな方たちなんですか？」

史哉はちくりと胸を刺した痛みを無視して問いかける。

「ファラサンでも古くて由緒正しい家柄の姫君です。他にも外国の王女様や貴族のご令嬢からご縁談があるようですが」

「そう……だよね。ラシッドは皇太子なんだから」

史哉はため息をついた。

ラシッドは何十代にも渡ってファラサンを治めてきた王家の後継者なのだ。結婚して世継ぎを作り、次の世代にその血筋を繋いでいく義務がある。

史哉のためにそれを放棄しようとしてくれるのは、涙が出るほど嬉しい。しかし、本当に皇太子としての義務を放りだしていいのだろうか？

ハサンのようにそば近くで仕えている人間だって、国民だって、ラシッドの結婚に期待しているだろうに。

焦燥に駆られた史哉はソファから腰を浮かせ、さらに質問を重ねた。

「あの……ハサンもラシッドには早く結婚してほしいですよね？　ぼくなんかがそばにいるのは迷惑だって……そう思いますよね？」

「フミヤ様、わたしは長く殿下のおそばでお仕えしてまいりました。でも殿下のお考えや行動に口を挟む立場ではございません」

ハサンは礼儀正しく直立不動で生真面目な答えを返す。

「だけどぼくは……ぼくの立場はファラサンの国民にとって歓迎すべきものじゃない。ラシッドのためを思えば、ぼくがそばにいることは……」

史哉はそこまで言って唇を噛みしめた。

王宮で皆に傅かれ、ラシッドに愛されている毎日は幸せだけれど、本当にこのまま甘えているだけでいいのかと不安も募る。

サリムやアーマヤ、それにハサンだって親切に接してくれているが、自分の存在は決してラシッドのプラスにならないのだ。

王家の忠実な侍従は滅多なことでは感情を表に出さない。史哉の踏みこんだ問いにも顔色一つ変えなかった。

「フミヤ様、確かに皇太子殿下のなさりようは強引でした。フミヤ様のことで反発する者も出ております。しかし殿下がお決めになったことだ。今後の動きがどうなるか、今はじっと静観するしかないのではないでしょうか。フミヤ様がそれをご負担に思われるのでしたら、わたしにはどうしようもないですが」

ハサンはへたな慰めを言わなかったけれど、史哉は身が引きしまる思いだった。

人の考えや噂を気にするより、ラシッドを信頼することが大事。そして自分の気持ちをしっかりと保っていることの方が大切だと、教えられたような感じだった。

「ありがとう、ハサン」

少し気持ちの軽くなった史哉が礼を言うと、ハサンは僅かに頬をゆるませる。

「わたしは別に何もしておりません」

礼儀正しさを崩さないハサンは堅苦しいことも多いが、少なくとも自分は嫌われてはいないらしいと、ほっとなる。

そこへちょうど側近に囲まれたラシッドが姿を見せたので、史哉はソファから立ち上がった。

「皆、ご苦労だった。もう休んでいいぞ……ハサン、明日は早く出かけることになった。バスルームの用意はできているか?」

側近たちを帰し、ハサンにも声をかけながら、ラシッドがこちらに近づいてくる。史哉の方も静かにそばに歩みよった。

向かい合って指先が触れた次の瞬間、史哉はしっかりとラシッドに抱きしめられた。ほんの少しだが、離れていた時間を埋めるような熱い口づけも受ける。

「殿下、バスルームはいつでもお使いいただけるようになっております。すぐ介添えの者をお呼びしますか？」

目の前でラブシーンを見せつけられても、ハサンは職務を遂行することだけが大事とでも言いたげに、ぴんと背を伸ばして立っている。

「かってに入るから人は呼ばなくていい。おまえももう下がっていいぞ。ご苦労だった」

ラシッドはそう言って、ハサンにも退出を促した。

最初の頃は史哉が入浴する際も、まわりにたくさんの使用人がいた。無理やり着替えを手伝われ、体を洗われて。

人前で肌をさらすのは耐えられない、絶対にいやだと抵抗したお陰で、ようやく史哉は言い分を認められた。しかしこの頃ではラシッドまで介添えを断ってしまい、恥ずかしいことに、史哉と一緒に入浴する機会が増えている。

「あの、訊きたいことがあるんですけど」

二人きりになり、史哉は思い切って声をかけた。

ラシッドは明日どこかに出かけてしまう。話をするなら今しかない。

「訊きたいこととはなんだ？」

ラシッドはいっそう強く史哉の肩を抱きよせて、優しげな声を出す。

史哉は一瞬ためらいを覚えたが、すぐに精悍な顔を見上げた。

「あなたには婚約者候補の方がいらっしゃると」

「なんだ、そんなことか。わたしが愛しているのはおまえだけだ。サリムあたりが耳に入れたのだろうが、気にする必要はない。それともおまえは嫉妬してくれているのか?」

大事な話なのに、さらりと変な方向に流されて、史哉はもどかしさでいっぱいになった。

婚約者候補がいると聞いてショックを受けたのは確かだ。でも嫉妬というより、自分の曖昧な立場を危惧する気持ちの方が強い。それをどうやってラシッドに伝えればいいのかわからない。

「どうした、何が不安だ? ほしいものがあったらなんでも言いなさい。日本のものがいいなら、すぐに取りよせるぞ。おまえの望むことならなんでも叶えてやる」

「ラシッド、そうじゃないんです。ぼくは何かほんの少しでもあなたの役に立ちたいと思ってるのに、一日中王宮の中にいるだけで何もしていない。だから心苦しくて……それにあなたはファラサンの皇太子だから……」

一生懸命訴えてみたが、ラシッドはほとんど関心を示してくれなかった。ただ機嫌がよさそうに史哉を見つめながら、肩を抱きよせているだけだ。

「おまえは別に何もしなくていい。わたしのそばにいてくれるだけで充分だ。とにかく今日はおまえも疲れただろう。話はまた今度ゆっくり聞こう。さあバスルームに行くぞ。さっきは時間がなくてシャワーで流しただけだった。中までちゃんと洗ってやるから」

「なっ」

かっと頬を染めた史哉の手をつかみ、ラシッドは強引に室内を移動し始める。

真面目な話がしたかったのに、これでは何も言えなくなってしまう。

隣接している豪華な寝室をとおり抜けたさらに先にバスルームがある。

「何をためらっている。脱がせてほしいのか、フミヤ？」

ドレッシングルームでさっさとカンドーラを脱ぎ落としたラシッドは、もたもたしている史哉にからかい気味の声をかけてきた。

ラシッドの前で肌をさらすのはいまだに恥ずかしくてたまらない。まして意味深なことを言われたあとならなおさらだ。

「一人でできますから」

スーツの上着に手が伸ばされ、史哉は慌てて体をよじった。それでもラシッドの手は止まらない。

抵抗する暇さえなく、着ていたものを全部脱がされてしまう。

ドレッシングルームの壁には一面に鏡が張られている。ちらりと己の姿を見て、史哉は羞恥で身をすくめた。

図書室で抱かれたばかりの体には、ラシッドの残した痕がいくつも散らばっている。白い肌の上に花びらのように薄赤く染まっている痕。傍らに立つラシッドが熱心にそれを見ている姿も鏡に映っていた。

「今すぐおまえをここで押し倒したいところだが、疲れを癒す方が先だな」

史哉の前で堂々と裸体をさらすラシッドが、名残惜しそうに言う。

広い浴室は床がライトグレーの大理石で、中央に乳白色の大きなバスタブが置かれている。中のお湯はバスソルトで泡立てられており、癒し効果の高そうないい香りが満ちていた。

「あ、あの、ぼくはあとで」

「いいから一緒にお湯に入るぞ」

ラシッドは後込みした史哉を強引にお湯の中に沈めた。

バスタブは二人で入っても充分な大きさがある。その中で、ラシッドはゆったりと長い足を伸ばし、史哉はそのラシッドの足の間で、後ろ向きに座らされる。

肌にさらりとなじむお湯は気持ちよかったが、背中からぴったり抱かれていては、リラックスするどころではない。すぐにのぼせてしまいそうだ。

泡だったお湯の中で、ラシッドは史哉の首筋から肩、そして腕から胸、と順に手のひらを滑らせる。しかし洗われているというより愛撫のようなタッチだ。

感じやすい場所にラシッドの指が触れるたびに、史哉はひくりと震え、泡の浮いた水面を揺らしてしまう。

「フミヤ、わたしは明日からアトーラへ行くことになった。しばらくサマイを留守にする」

「アトーラって、さっき図書室で話に出ていた、ファラの女王の宮殿があるかもしれないって場所ですか?」

史哉は首を曲げてラシッドの顔を窺った。

「そうだ。オックスフォードの調査隊が、レーヴァの宮殿を求めて発掘を進めている最中だ」

さきほどラシッドが夕食を中断したのは、オックスフォードの教授から連絡があったせいだ。もしかしたらと、史哉の胸は期待で高まった。

「それならぼくも一緒に連れてって下さい」

「今回はだめだ」

即答されて、史哉は息をのんだ。

後ろから抱かれている体勢は変わらない。でもラシッドはいつになく厳しい顔をしていた。

気持ちが通じ合ってからは、いつだって甘やかされてばかりだった。こんな風に頭ごなしの言い方をされたことはない。

「さっき図書室では、今度機会があったら連れて行って下さると……」

「悪いが、あの約束は今度ということにしてくれ。今回はおまえを連れて行ってもかまってやる暇がない」

「ぼくは別に遊んでほしいとかじゃなくて……」

がっかりしたのがストレートに顔に出てしまったのか、ラシッドは史哉の機嫌を取るように表情をやわらげた。そして宥めるように頬に触れてくる。

「いいからおとなしく王宮で待っていなさい。予定は十日ほどだ。すぐに帰ってくる」

期待が大きかっただけに、史哉の落ちこみは激しかった。

これから十日もラシッドがいないなら、自分は王宮で何をしていればいいのか。先程から悩んでいた問題が、また頭をもたげてくる。

だが、あまりラシッドを困らせても仕方ない。

「ラシッド、アトーラに連れてってもらえないなら、ぼくはその間日本に帰ってきていいですか？十日あれば実家にもよれるし」

今後のことを考えるにも時間は必要だ。和哉に会って相談してみるのもいいかと、史哉は頼みこんだ。

「フミヤ、日本へはあとでわたしが連れて行くと言っただろう」

「ラシッド、お願いです。ぼくやっぱり一度日本に帰りたい」

眉根をよせたラシッドに史哉は再度訴えた。

「フミヤ、子供のようにわがままを言ってわたしを困らせるな」

「ぼくはもう子供じゃない。大人です。自分の国に帰るぐらい」

愛されているのはわかる。しかし自分はラシッドから一人前として扱われていないのだと思ったら、なんだか悲しくなる。

「わたしの言うことに逆らうのか?」

「ここでは何もすることがないのに、あなたの帰りを待っているだけなんて、まるで……まるで」

愛人みたいだ……。

史哉は顔をそむけて、そう絞りだした。

するとラシッドは苛立たしげに史哉の顎をつかみ、また自分の方に向かせる。

「フミヤ、そのとおりだ。おまえはわたしの愛人だ。だからおとなしくここで帰りを待つんだ。それに今はおまえの話を聞いてやる余裕がない。明日からしばらくの間おまえをかわいがってやれないんだ。もっと他にすることがあるだろう」

ラシッドは、これで話は終わったとばかりに、いきなり史哉の口を塞いだ。

「んっ……んん」

顎を固定され、最初から深いキスを強要されたが、史哉は必死に首を振って逃れる。

今はこんなことでごまかされたくない。

「どうした、フミヤ？　キスがいやなのか？」

ラシッドはいかにも気に入らないといった風に顔をしかめる。でも手のひらはまだ宥めるように史哉の肩を撫でている。

ラシッドの胸にもたれかかっていた史哉は懸命に体をよじった。

「もう離して下さい。話をしている最中だったのに……」

「話はもういい。今の内にしっかりおまえを味わっておかないとな」

傲慢なことを言うラシッドに、さすがの史哉も怒りを感じた。

「やめて下さいっ……こんな風に体だけなんて」

「おまえはわたしのものだ。いつでも好きな時に抱く。わがままは言わせない」

ラシッドは前のめりで逃げだそうとした史哉の腰をつかんで引き戻し、自分の腿の上に乗せてしまう。大きな動きで泡の浮いたお湯が、ざばんと音を立てて波になる。

「いっ、いやだ」

「何をいやがる？　フミヤ、留守をする分も存分にかわいがってやるから足を開け」

話を聞こうともしないラシッドに、史哉は両手を振りまわした。

体だけでいい。

そう受け取れる言葉に思った以上に傷ついていた。

なのにラシッドは、史哉の抵抗さえ余裕たっぷりで楽しんでいるのだ。

両膝に手をかけられて、あっさり足が割り開かれる。そのうえ後ろからまわった手で張りつめたものも握られる。

「いやだと言うのは口先だけのようだな」

嘲るように言われ、史哉は唇を噛みしめた。

真面目な話がしたいなどと言っても、体の方がこんなに節操なしでは、相手にされなくても仕方がない。

「かわいいぞ、フミヤ。これをどうしてほしい？　ちゃんと言いなさい」

とらえたものをゆっくり上下に擦り立てられて、史哉はびくびく体をしならせた。

「やっ、ああ……っ」

先端からじわじわと蜜が溢れてくる。それがお湯の中でもはっきりわかって、たまらなく恥ずかしかった。

心にわだかまりがあるのに、体だけが高ぶらされるのがいやだ。

「やだ、こんなのっ」

思わず叫び声を上げると、背後のラシッドが逞しい体を強ばらせる。

「のぼせるといけないから、そろそろお湯から上がった方がいいな」

冷ややかにそう言ったラシッドは、ざばりと大きな水音を立てながら史哉の上半身を抱き上げた。

「な、何を……?」

バスタブの縁は十五センチほどの幅があって丸みを帯びている。高さは腿の中間あたりまで。それを腹で跨ぐように上体だけを床の方に出されてしまう。四つん這いで床に手をついて、腰だけ高く掲げるとんでもない体勢だ。

「やっ……こんな格好……っ」

バスタブの縁が障害になって逃げることもできない。それなのにラシッドは両手で史哉の双丘をつかみ、恥ずかしい狭間まで剥きだしにしてしまう。

「み、見ないでっ、見ないで……っ」

史哉は羞恥のあまり腰をよじった。けれどへたな動きはよけいラシッドを煽っただけだ。

「ひくひくしている。こんなに小さくて可憐な蕾がわたしをくわえてくれるとは、奇跡のようだ」

ラシッドは恥ずかしいことを言いながら、史哉の狭間に口をよせた。

「ひ……っ」

広げられた谷間をたっぷり舐められてしまう。お湯で濡れていたのに、さらに唾液で潤いを与えられる。

尖った舌が中にまで入ってこようとしているのに気づき、史哉は腰を震わせた。

恥ずかしくてたまらないのに、気持ちがいい。バスタブの縁に押しつけられた中心からも、とろとろと蜜がこぼれてしまう。

「はしたないぞ、フミヤ。溢れた蜜がお湯の中まで滴っている」

「やっ、離して。こんな格好いやだ。恥ずかしい」

「今日はわがままばかりだな。仕方ない」

ラシッドは呆れたように言いながら、再び史哉を抱き上げた。今度は自らもバスタブの外に出て大理石の床に座りこむ。史哉はそこでまたラシッドの腿の上に乗せられた。

目の前には縁に凝った装飾のほどこされた大きな鏡があった。そこに上気した自分の姿が丸映しになっている。

「フミヤ、かわいいところが鏡に映っているな」

かっと羞恥にとらわれている間にもラシッドの手が動き、両足を大きく広げられる。そしてラシッドは史哉の体を後ろから抱きしめ、外気に触れて揺れていた中心をやんわり揉みしだいた。

「やっ、そんな……」

ラシッドはさらに、露わになった乳首にも触れてくる。きゅっとつままれると、ずきんと腰が揺れ、ラシッドに握られたものの先端から、また新たな蜜がこぼれる。

いやらしい変化は全部鏡に映しだされていた。

あまりの恥ずかしさに史哉はぎゅっと目を閉じる。

「ちゃんと見なさい。ここは赤く尖ってわたしの愛撫をほしがっているし、ほらここもだ。乳首をいじめると、先端からとろとろといっぱい溢れてくる」

「やだ……やあ……」

「いやじゃないだろ。ほんとはもっといじってほしいところがあるはずだ」

ラシッドは耳元で囁きながら双丘を撫でまわす。そして濡れた指はなんの障害もなく内部に侵入した。

「あ、あああっ」

いきなり奥まで入れられて、史哉は思わず目を見開いた。

とたんに、いやらしい自分の姿が視界に入る。

「フミヤ、どんどん蜜が溢れて、下の方にまで流れてきてる。ほらこんなにだ」

さらに見えやすいようにと、ラシッドは史哉の左足だけ高く持ち上げた。長い指をくわえた谷間がはっきりと鏡の中にさらされる。

「だめっ……そんな……いやだ」

ラシッドは足を抱えこんだ手で、史哉の中心を弄びながら、中に入れた指を折り曲げた。一番弱い場所を押され、史哉はがくがくと仰け反った。

「あああ——っ」

脳天まで強い快感が突き抜ける。

「フミヤ……ここにもっとほしいか？」

ラシッドは二本に増やした指で、史哉の中を掻きまわした。感じる場所をひっかくように指先でえぐり、それから埋めた指を広げてしまう。

赤く腫れ上がった肉襞まで鏡に映されて、史哉は身もだえた。

恥ずかしくて死んでしまいそうなのに、我慢できない熱にも犯される。

それでもこんな風に強引に抱かれるのはいやだ。

「いやっ……こんなのはいや……もう……もう、やめて下さい」

最後の力を振り絞り切れ切れに訴えると、ラシッドはむっとしたように中を犯していた指を抜く。

「どうしたフミヤ、今日はやけに逆らうな。わたしに抱かれるのがそんなにいやか？　素直になれないなら仕方がない。おまえがちゃんと正直にわたしをほしがるように、少しお仕置きをしよう」

ラシッドは思いがけないことを言って上体を伸ばした。そしてアメニティーグッズが揃えられている籠から、赤いリボンを取り上げる。

「何を……？」

感じすぎでぼんやりしていた史哉は、ラシッドの悪巧みに気づかなかった。

反抗もできないうちに、ラシッドはくるくる器用にそのリボンを張りつめた性器の根元に巻きつけていく。

「やっ、やだ……何これ……取って下さい。やだ、こんなの」

鏡の中には天を向いてそそり勃ち、達けないようにリボンで根元を縛られたものが映っていた。

信じられない仕打ちに目を見開いていると、ラシッドはまた史哉の足を開かせたままで腰を持ち上げる。ひくついている谷間に熱く滾っているものを擦りつけられて、史哉は身をすくめた。

「ああっ、あっ……」

ラシッドの逞しいものはゆっくり中に入ってきた。午後、図書室で抱かれ、さらに指で散々ほぐされた内壁は、太い灼熱を悦んで受け入れる。

「フミヤ、ちゃんと鏡を見なさい。おまえのかわいい蕾が、わたしのものを健気にほおばっているところを見るんだ」

「あ、やあ……」

史哉は激しくかぶりを振った。

いくら恥ずかしくても目に入ってしまう。鏡にはラシッドを深くくわえこんでいる姿が映っていた。だらしなく両足を広げた間にそそり勃つものには、赤いリボンが巻きつき揺れている。

湯船から出たばかりで肌は薄赤く染まっている。濡れた髪が額に貼りつき、後ろから逞しい男に抱き支えられている恥ずかしい姿に、史哉はさらに炙られる。

羞恥で脳まで灼け溶けてしまいそうだった。

下からゆっくり突き上げるように揺すられると、反動でぎゅっと中のラシッドを締めつける。馴らされた体は快感をしっかり受け止め、一気に達してしまいそうになるが、放出はできない。

堰き止められた熱は体内を逆流し、史哉はあっさりラシッドの罠に陥落した。

「やあっ……お願い、取って……リボン取って……達きたい……達したい」

「まだだめだ。せっかくかわいい格好になったんだ。もっともっと感じなさい」

「ああ……あ」

吹きこまれた言葉に身体中が灼けついた。

大事なことを話したかったはずだ。でも史哉はただラシッドの熱に煽られるだけになってしまう。

「フミヤ、愛している」

いつもどおり愛を囁くラシッドの声は、どこか遠くから聞こえてきた。

2

翌朝――。

バスルームで無理やり抱かれ、その後も天蓋つきのベッドの上で一晩中ラシッドに体を貪られた史哉は、日が高くなった頃にようやく目覚めた。

飾り棚に置かれた時計はすでに昼近くを指している。

はっとなって体を起こすと、ハサンが絶妙のタイミングでブランチの載ったワゴンを押してくる。

「あの……ラシッド、殿下は？」

薄いシルクの夜着をまとった史哉は顔を赤くしながら掠れた声を出した。

ラシッドに愛されたことがありありとわかるしどけない姿だ。ハサンにそれを見られるのが恥ずかしくてたまらない。

「殿下は今朝早くお出かけになりました」

「え、うそ……起こしてくれればよかったのに……」

「フミヤ様にはゆっくりお休みいただくよう、殿下から申しつけられておりましたので」

思わず漏らした不満をやんわりとかわされ、史哉は押し黙った。

ラシッドは結局別れも告げずにアトーラへ発ってしまったのだ。

でも同じベッドで寝ていたにもかかわらず、ラシッドが出かけたことすら気づけなかった自分が一番腹立たしかった。

ハサンは甲斐甲斐しく史哉の世話をし、ブランチのトレイをベッドの上にセットしている。

これでは本当に自堕落な愛人になってしまった気分だ。

主人が王宮にいる時は昼も夜も抱かれ続け、留守の間は何もせずにただ主人の帰りを待っているハーレムのとらわれ人。

いやだ。そんなのは……。

史哉はぶるりと頭を振って、いやなイメージを振り払った。

食欲はまるでなかったが、史哉は用意されたブランチを無理やり胃の中に収めた。

野菜をふんだんに使ったあっさりしたスープと焼き立てのクロワッサン。新鮮なフルーツも食べやすくカットされて皿に盛られていたが、味はあまりしなかった。

食事が終わると、もう史哉には何もすることがない。今までは図書室で読書するのが楽しみだったが、書棚の間でラシッドに抱かれた思い出が生々しすぎて、近づく気にはなれない。

結局史哉はそれから三日間というもの、ほとんど部屋から出ずに、ラシッドの帰りを待つだけの日々をすごすことになった。

食事もわがままを言って運んでもらう。サリムやアーマヤに元気のない顔を見せたくなかったし、他の人が自分とラシッドのことをどう思っているか、知らされるのも恐かった。

広い部屋に一人でいると、よけい置いて行かれた寂しさを感じてしまう。ラシッドから連絡でもあれば、まだましだったかもしれないが、よほど忙しいのか電話さえかかってこない。

恋人だったら声ぐらい聞かせてくれてもいいではないか。ラシッドは本当に自分のことを愛しているのだろうか……体だけ自由にできればいいと思っているのではないだろうか。

鬱々とした考えばかりにとらわれる。

そんな状況の中でサリムがファラサンを離れる日がやってきた。いよいよスイスの大学に戻ることになったのだ。

サリムには色々力づけられることが多かった。さすがに見送りをパスするわけにもいかなくて、史哉はやっと閉じこもっていた部屋から外に出た。

王家のリムジンでサマイ郊外にある空港へ向かう途中、久しぶりにサリムと話し合う。

「君がいなくなると寂しいよ、サリム」

「ごめん、ぼくがスイスに帰っちゃったら、フミヤ一人になるね。アーマヤじゃあまり話し相手にならないだろうし……ほんとにラシッドのやつ、フミヤを置いてくなんてひどいよ」

白のスーツを着たサリムは、史哉の話を聞いて自分のことのように憤慨している。

「それは仕方ないよ。ラシッドは遊びに行ったわけじゃない。ぼくなんかがそばにいても邪魔になるだけだろうし」

サリムを安心させなければと思うのに、どうしても愚痴っぽいことを言ってしまう。

史哉はせめて笑顔だけでも見せようと、ぎこちなく笑いかけた。

頭の中では相変わらず、自分の曖昧な立場のことが気にかかっている。

史哉は特に人目を引くほどの容姿じゃない。今着ているカジュアルな生成り色のスーツだって高級ブランドのものらしいが、サリムのようにかっこよく着こなせているわけでもない。

何かラシッドを手伝えることがあればと思っていても、自慢できるスキルもない。いくら外国語を覚えるのが早くても、それはあくまで会話に不自由しないといった程度。本格的な通訳ができるレベルではないのだ。

以前ラシッドは、砂漠の緑地化を手伝ってくれと言っていたが、それだって、いつ取りかかれるのかわからないほど遠い未来の話だ。

一度ネガティブな考えに取り憑かれると、どこまでも気分が落ちこんでいく。

「ラシッドがいない間、フミヤも旅行ぐらいすればいいのに。前から日本に一時帰国したいって言ってなかった？」

「うん、本当はぼくもそうしたかったんだけど、ラシッドにだめだって言われたから」

史哉が諦め加減に打ち明けると、サリムは本格的に怒りだした。

「ラシッドのやつほんとに横暴だな。フミヤも黙ってないで、もっと文句言えばいいのに。そうだ、いっそのことアトーラまでラシッドを追いかけて行ったら？」

「え、追いかけて行く？」

「そうさ、黙って言いなりになってることないよ。フミヤはラシッドの恋人なんだから、もっと自信を持たなくちゃ」

五つも年下のサリムに励まされ、史哉は落ちこんでいるばかりだった自分が恥ずかしくなった。

サリムの言うとおりだ。自分はラシッドの持ち物じゃない。恋人なのだ。だからもっと自分の意見を主張してもいいのかもしれない。

言い方こそ違っても、ハサンからだって同じようなことを忠告されていたのに。

史哉は今になってようやく、自ら陥っていた暗い罠から抜けだすことを考え始めた。

窓の外には相変わらず強い日差しが照りつけている。遠くに見えるのは真っ青なアラビア海。ところどころに高いモスクの塔がそびえ、白い屋根や壁に反射する光が目に眩しかった。

空港には、第三王子の出発とあって、厳重な警戒網が敷かれていた。観光客は遠巻きでもの珍しそうにこちらを見ている。

「サリム、ほんとに色々とありがとう」

「休みになったら、またすぐファラサンに戻ってくるよ。フミヤもそれまで元気にしてて」

ＳＰに囲まれたサリムは明るい声を残し、王室専用機で飛び発っていく。

史哉は真っ青な空にその機影が吸いこまれていくのを、いつまでも見送った。


空港から王宮へ戻ってすぐ史哉はハサンに問いかけた。

「ハサン、ラシッドが向かったアトーラって遠いんですか？」

サリムに励まされたお陰で、史哉はすっかりラシッドを追いかけて行くつもりになっていたのだ。

行動を起こすにはまず情報収集が必要だ。

「アトーラはサマイから三百キロぐらい南の砂漠地帯にあります」

「ラシッドは発掘に同行したんですよね？」

「はい、殿下の母校であるオックスフォード大学の研究チームの要請で出かけられました」

ハサンは午後の紅茶を用意しながら、今までになかった情報を漏らす。カウチに腰を下ろした史哉は、器用に動く褐色の手を見つめながら、さらに質問を続けた。

「アトーラには遺跡がいっぱいあるって話だけど、そのうちどこの遺跡を発掘中なの？」

「詳しいことはわたしも存じません。しかしフミヤ様、アトーラへお出かけになるおつもりなら、おやめになった方がいいですよ」

「どうして？」

下心を見抜かれてぎくりとなった史哉は、用心深く問い返す。

「アトーラは国境が近く、色々と問題の多い場所なのです。殿下は十日ほどでお戻りになるそうですから、王宮で待っておられた方がいい。さあ紅茶をどうぞ。今日はフミヤ様のお好きなロイヤル・ブレンドにしました」

ハサンはティーテーブルの上に静かに紅茶のカップを置く。史哉は香り高くいれられたミルクティーをゆっくり口に運んだ。

ハサンを問いつめるのはあまり利口なやり方じゃない。それよりも自分で綿密な計画を立てて実行した方がいいだろう。

『砂漠ツアー』や『遺跡巡り』は普通の旅行者なら誰もがやることだ。それに史哉はラシッドと一緒にルーリの遺跡へ行って以来、ほとんどサマイから出たことがない。ラシッドのいない今、史哉が一人で小旅行に出かけたとしても、咎められる筋合いはない。そして、その旅行中に偶然ラシッドが向かった発掘現場に立ちよるという筋書きだ。

史哉は久しぶりににっこりと微笑んだ。そして紅茶を飲みほしたあとで、さっそく準備にかかる。和哉から、旅の心得は何度も聞かされた。今まで自分から行動を起こしたことはなかったが、やり方はわかっている。

史哉はまずネットでアトーラ地区へのアクセスを調べた。幸いなことに『アトーラ遺跡群巡り』という一泊二日のツアーがある。すぐに外線を頼んで旅行社に予約を入れ、ついでに細かい内容を訊く。

浮かれていた史哉はここで最初の難関にぶつかった。

アトーラ地区の遺跡はかなり広大なエリアに広がっており、見学が組まれているのは古くに発掘された有名な場所だけだと言うのだ。ファラの女王、レーヴァの名を出すと、そんなものは架空の話だと笑われてしまった。それに現在発掘が進んでいるところはたくさんあって、特定できないとも言われた。ツアーの途中でそれを探しに行くことは可能かと訊ねると、速攻で無謀だと言われてしまった。アトーラは砂漠のど真ん中で、現地のガイドですらルートから外れたところには迂闊に入らないという話だ。

史哉はもっと詳しくラシッドの出かけた先を知る必要に迫られ、今までなんとなく避けていた図書室に向かった。

「あの、アトーラの遺跡について調べたいのですが」

図書室を管理しているのは、サマイの大学を退官した老教授だった。

史哉が相談を持ちかけると、痩せた教授は皺のよった顔をほころばせたが、その口からは残念な言葉を聞かされる。

「アトーラ関係の専門書は全部皇太子殿下が持ちだされた。今ここにあるのは簡単な歴史書とツアーガイドの類だけじゃ」

「そんな……」

史哉ががっかりすると、教授は机の上に置いた手を組み、優しげな顔になる。

「アトーラの何を知りたいのだ？」

「ラシッド殿下がどこの遺跡発掘に同行されたのか……レーヴァの宮殿とかお墓とかがありそうなところなんですが」

史哉は思い切って本音を打ち明けた。

「ふむ、レーヴァか。伝説上ではファラが存在したのは四千年も昔のことになっている。伝承はあちこちに残っておるが、どれも真実みには乏しい。オックスフォードのチームがどこにターゲットを絞っておるのか、わしは何も聞いておらん。もともと数学が専門で、歴史や考古学のことは詳しくないからの」

「では、他にアトーラのことを調べられる場所ありませんか？」

「サマイに王立博物館がある。隣接している王立図書館にも、ここにあったのと同じ書物が揃っているはずじゃ。訪ねて行くなら紹介状を書いてやろう。博物館の方も図書館の方も、懇意にしている者が館長を勤めておる」

「ありがとうございます」

史哉は親切な老教授に心からの礼を言った。

これで少しは道が開ける。

本を調べるだけでは場所を特定するのは難しいかもしれない。

それでも史哉はなんとかラシッドを見つけだそうと思っていた。そして中途半端で終わってしまった話の続きがしたかった。


王立図書館の重厚な建物から出たとたん、強い日差しにさらされる。もう夕方近い時刻だが、暑さは容赦のないものだ。

「ちょっと借りすぎたかな……」

腕に抱えた分厚い書籍は五冊。史哉は迎えの車を断ったことを少しだけ後悔しながら青い空を見上げた。

博物館へ行くと言うと、ハサンは快くリムジンの手配をしてくれたのだが、調べものに時間がかかるからと、先に帰してしまったのだ。

本当はこのあと旅行社と大使館にもよるつもりだったけれど、今日のところはこの本を調べるだけで手一杯になりそうだ。

とにかくなんとしてでもラシッドの元に行こうという決意は変わらない。

前庭を抜けた先の大通りに確かバス停があったはずだ。それに運がよければタクシーをつかまえられるかもしれない。

史哉は熱気の渦巻く中、両手で重い本を抱えながら道を急いだ。

広い前庭の中央には獅子を象った噴水がある。真っ青な空高くまで水が噴き上がっている様に、史哉はしばし見とれた。

きらきらと涼しげに水滴が輝き、小さな虹ができている。

噴水は富の象徴だと言うが、こうして惜しげもなく貴重な水が使われているのを見ると、ここが砂漠の国であることを忘れてしまいそうになる。

あまり近づくと大事な書籍を濡らす恐れがある。

史哉が噴水を迂回して歩きだそうとした時だった。虹の向こうから長身の男が真っ直ぐにこちらへ近づいてくるのが目に入る。

真っ白なカンドーラに包まれた男の姿に、史哉は息をのんだ。

ふらふらを引きよせられるように男に向かって歩きだす。

——ラシッド！

迎えにきてくれた。史哉がどんなに一緒に行きたがっていたか、知っていたのだから、きっと途中で気を変えて迎えにきてくれたのだ。

期待が膨れ上がり、史哉は夢中で駆けだした。けれどあんまり慌てたせいで、なんでもないところで躓いてしまう。

男との距離は僅か。ぐらりとよろけた史哉は力強い腕で支えられる。

「ラシッド！　……あ……」

間近で男の顔を見た瞬間、史哉は言葉を切った。

彫りが深く整った顔立ち。真っ青に澄んだ瞳。威厳のある雰囲気さえも全部同じ。でもラシッドじゃない。

恋人が迎えにきたと舞い上がっていた史哉は間違いに気づいたとたん、いっぺんに意気消沈した。

だけど、なんとよく似ている人だろう。

男があまりにもラシッドそっくりなので、史哉はついまじまじと見つめてしまう。

「大丈夫か？」

耳に届いた官能的なクイーンズ・イングリッシュに、背筋がぞくりとなる。

声まで同じだなんて、まるで夢でも見ているようだ。

「ありがとうございました」

ぎこちなく礼を言うと、男はくすりと笑う。

「ずいぶん重そうな本を抱えているな。アトーラの遺跡に興味があるのか？」

いきなりの言葉に史哉は驚いた。

「あの、どうしてアトーラだとわかったんですか？」

「君の様子や持っている本から推測するのは簡単なことだ」

男の視線は頭一つ高い位置から、分厚い本のタイトルに落とされていた。

何日か前、これと同じ経験をしたばかりだ。

鋭い観察力までラシッドそっくりだと思ったら、急速に親しみが湧いてくる。

史哉は、歩きだした男に自然と足並みを揃えた。

「アトーラの遺跡は二重になっている。八世紀頃の遺跡が表層に出ていたが、最近になってその地下にもっと古い建物が隠されていたことがわかったばかりだ」

「よくご存じですね。あなたも遺跡に興味があるのですか？」

「いや、わたしは遺跡には興味がない。だが大学で一緒だった友人が調査隊に参加している」

ラシッドが同行しているグループがまさにそれなのではないだろうか。

思いがけない展開に動悸が速くなってくる。

王宮に戻って、辞書を片手に調べなければと思っていたが、この人はもしかしたら場所を知っているかもしれないのだ。

「あの、アトーラのことについて、あなたがご存じのことをもっと教えていただけませんか？ぼく、そこに行ってみたいんです。でも遺跡群は広範囲に広がってるし、今どの辺で発掘が進んでいるのかわからなくて困ってました」

史哉は後先も考えず一気に頼みこんだ。

いくらラシッドに似ていても、男は見知らぬ他人だ。しかし恋人に会いたい気持ちが強くて、迷惑をかけることにまで気がまわらなかった。

しかし意外にも、男は気安く史哉の不躾な願いを聞いてくれる。

「いいだろう、わたしが知っている限りのことを教えよう。しかし外でこれ以上話すのは無理だ。わたしの屋敷に案内するからついてくるといい」

男はそう言うと、史哉の手からふいに重い本の束を取り上げる。

「あ、すみません」

反射的に礼を言いながら、史哉はちらりとハサンの厳しい顔を思いだす。

帰りが遅くなると心配するかもしれない。

しかしラシッドを追いかけて行くには、もっと情報が必要だった。それに現地で運よくラシッドに会えたとしても、邪魔な存在にはなりたくない。最低限の知識だけでも頭に入れておけば、手助けができないまでも、迷惑をかけない程度にはなれるかもしれないのだ。

男は史哉が借りた本を持ったままで片手を上げた。するとどこからともなく、ファラサン王家のものによく似た黒塗りのリムジンが現れる。

「あ、あの……」

史哉は今さらのようにとまどいを覚えた。

男はカンドーラ姿だがかなりの身分の高さを感じさせる。そのうえ顔つきまでがラシッドにそっくりだ。もしかしたら王族の一人なのではないかと、ようやく疑いが湧いたのだ。

もし男が王族なら、ラシッドの留守にかってについて行ったりしたら、礼に反することになりかねない。

「さあ、早く乗りなさい」

後部席のドアが開けられた時も史哉は躊躇した。でも男の手で強引に後部席へ押しこまれてしまう。

史哉は漠然とした不安を感じた。だが男が隣に腰を下ろしたと同時に、車が走りだしてしまう。


男の住まいはサマイの郊外だった。王宮のある丘とは市街地を挟んで反対側になる場所だ。

白壁の門の中に車が入ったとたん、史哉は目を見張った。

「すごいお屋敷ですね……」

まるで宮殿のようだ。

王宮に比べれば敷地も規模も小さいが、ドーム状の屋根と高い尖塔を持つ建物は、ため息が出そうなほど美しい。ブルーのモザイク模様のタイルが填めこまれた壁や、きれいなアーチを描く回廊。すべてがアラビアンナイトの世界から抜けだしてきたかのように優美だった。

玄関ではカンドーラ姿の使用人がずらりと並んで恭しく主人を出迎える。

「お帰りなさいませ、ユーセフ殿下」

「え……殿下?」

史哉は思わず、男の顔を見上げた。

ユーセフ殿下と呼ばれた男は、にやりと口の端をゆるめる。

「ようこそ、我が離宮へ。フミヤ・アソー。わたしはユーセフ・イブン・サイード・アル・ファラサン。ここは夏の宮殿、ファラサン王家の四つある離宮のうちの一つだ。今はわたしの個人所有になっているが」

「あ、あの……それでは、あなたは……」

あまりのことに、史哉はあとの言葉をのみこんだ。

似ているのが当たり前だ。男はロンドンに留学中と聞かされていた、ラシッドの弟だったのだ。

「とにかく中へ入りたまえ」

ここまできてしまったら覚悟を決めるしかない。史哉は導かれるままに広い館の内部へと足を踏み入れた。

西洋風のデザインを多く取り入れている王宮とは違い、この館は何もかもアラビア風に整えられている。

案内された部屋も、それが伝統なのか、テーブルや椅子の類はなく、複雑な模様の絨毯が敷かれているだけだ。

奥の方に少し高くなっているところがあって、史哉はそこに座るように言われた。そばには肘掛けやクッションがいくつも置かれ、ゆったりとくつろげるようになっている。

外はまだ明るさの残る時刻だったが、石造りの館の中はすでに薄暗くなっていた。ユーセフの命で飲み物が運ばれてきて、それと同時にランプが灯される。

一見ティーポットのように見える銀製のランプ。それは、子供の頃に何度もアラビアンナイトの絵本で見た魔法のランプと同じ形だ。注ぎ口にところに芯があって、ぼうっと幻想的な光を発している。

「あの、ユーセフ殿下、ぼくのことを最初からご存じだったのですか？　図書館でお会いしたのも偶然じゃなかったとか？」

ユーセフから素焼きのグラスを受け取り、史哉は一番気になっていたことを訊ねた。

ふわりと口元をほころばせた第二王子を見て、史哉は落ちつかない気分になる。

「外から戻ったばかりだ。君も喉が渇いただろう。種明かしをする前に取りあえずそれを飲むといい。口当たりのいい果実酒だ」

「あ、でもぼくアルコールはあまり……」

史哉が断りを入れると、ユーセフは整った顔をしかめる。

「この離宮に仕える者が、客人用にとわざわざ作ったものだ。全部飲み干さないとがっかりする」

「それじゃ少しだけ」

重ねて勧められ、史哉は恐る恐るグラスに口をつけた。

素焼きのグラスごと冷やされた果実酒は、言われたとおり甘くて飲みやすかった。失礼にならないよう、せめてこの一杯だけはと史哉は少しずつ果実酒を飲み干していく。

「君は日本人だろう。いつから王宮にいる？」

ユーセフは自分でもグラスを呷りながら、史哉がどきりとなる質問をした。

「ちょうど一ヶ月ほどになります」

「アトーラに行きたいとか言っていたが、どうしてだ？」

「あの、それは……」

史哉は口ごもった。

ユーセフは優しげな表情で答えを待っているが、ラシッドとの関係を初対面の王子に明かすことには抵抗があった。

「今、ラシッドはアトーラにいるんだろう。追いかけて行きたいのか？」

ためらうまでもなく、ずばりと切りこまれて、史哉は息をのんだ。

「やっぱりな……」

史哉が顔色を変えたのを見て、ユーセフはため息混じりの呟きを漏らした。

ラシッドとの関係は、やはりこの王子にも知られていたのだ。

「主人が留守の間、愛妾はおとなしくハーレムで待っているのが普通だ。一人でのこのこ町中を出歩くもんじゃない」

「愛妾だなんて……違います」

恥ずかしいことを言われ、史哉はゆるくかぶりを振る。

「だけどおまえはラシッドと寝てるんだろ？　皇太子が王宮内に男娼を引き入れている。大臣どもがおたおたして、イギリスにまで助けを求めてきた」

声音は優しいが、ユーセフの言葉遣いはずいぶん乱暴になっていた。

「ぼくは男娼じゃない……でも、すみません」

男娼と言われたことで、ずきりと胸が痛くなる。確かに史哉はラシッドに抱かれる以外、何もしていない。ラシッドを取り巻く環境を思えば、そんな噂が出たことも仕方ないと思う。

謝ったのは、自分の存在が問題になっているのを申し訳なく思ったせいだ。

「ずいぶん殊勝な態度だな。おとなしそうな顔をして、あのラシッドを手玉に取るとは見上げたものだ。特別美人というわけでもないのに、ラシッドはなんだっておまえのような男に夢中になってるんだ？」

ひどい言い方をされ、史哉は思わず唇を噛みしめた。

ユーセフは最初の紳士的な仮面を捨て、ますます攻撃的になっている。

「おまえはどうやってラシッドを誘惑した？　おれにもそのやり方をしてみせろよ」

「な、何をおっしゃっているのか」

史哉はびくっとすくみ上がった。

ユーセフはゆっくり前に身を乗りだしてくる。史哉はじりじりとあとずさった。けれどいくらもしないうちに硬い壁に進路を阻まれる。

「何故、逃げる？　男を誘惑するのは慣れているんだろ？　おれにもその体味わわせろよ」

「そんな……っ」

空になったグラスを取り上げられて、史哉は体を強ばらせた。

「ラシッドは急に趣味が悪くなったのかと思ったが、その怯えた顔にはなかなかそそられる」

ユーセフは史哉の足首をつかみ、ぐいっと手元に引きよせた。そして敷物の上に転がった史哉に覆い被さってくる。

「やめて……下さいっ。……ぼ、ぼくはラシッド以外の人となんか」

「へえ、男娼のくせして、ラシッドに忠誠でも誓ったつもりか？　だがおまえの本性を暴くのは簡単だぞ。それにおまえが他の男に抱かれたことがわかれば、プライドの高い兄はおまえには見向きもしなくなる」

「そんな……っ」

史哉は恐怖に駆られ、ラシッドそっくりの整った顔を見据えた。

なんとか思いとどまってもらおうと、間近にある青い瞳にじっと目を凝らす。

しかし何故だか急に霞がかかったように焦点がぼやけた。

果実酒の酔いがまわったのだろうか。頭がぼうっとして、体もなんだか熱くなる。

ユーセフはそんな史哉の隙を突くように顎をつかんだ。

「やっ、やめろよっ」

キスされそうになって、史哉は必死に両手を振りまわした。しかしその手は瞬時にとらえられてしまう。

「やっ、んんうっ」

上から両手を押さえられたままで、史哉は唇を奪われた。

必死に頭を振って暴れてもユーセフの口づけはほどけない。

絶望的な状況に涙が出そうになったが、こんなことに屈したくない。

なおももがいていると、ようやくユーセフの唇が離される。

「は……あ……ど、どうひ……こんな、と……っ」

史哉は必死に抗議した。でも舌がもつれてまともにしゃべれない。

視界も霞むようで何度も瞬きをくり返した。けれどすべてはとろんと曖昧になっていく。

「果実酒がずいぶん効いたようだな。あれにはラシャの実が入っている」

「ラ、シャ……？」

聞き覚えのある名前だったけれど、朦朧となってきた頭では、それが何かは思いだせない。

「気持ちをリラックスさせるハーブの一種だ。枝や根と違って、実の方に催淫効果はない。人によっては多少影響があるかも……」

ユーセフ王子の声はどこか遠くから聞こえてきた。

現実感が急速に薄れ、体が空に浮かんでいるようにふわふわする。

確かなのは自分を覗きこんでいる真っ青な目、愛する人の瞳だけだ。

「んんっ」

再びしっとりと口づけられた。

宥めるように優しいキスだ。

歯列の裏をそっと舐められ、それから誘いかけるように舌をつつかれる。

キスは気持ちがいい。

強張りを解いた史哉はいつしか自分からも舌を絡めて甘い口づけを貪りだす。

いつの間にか着ていたシャツがはだけられ、肌の上を乾いた指が滑っていく。頬から耳、うなじへと羽でも触れたかのようなタッチで触れられる。

ラシッドはいつもそうだ。こんな風に優しい愛撫をする。最初はソフトに、それから徐々に情熱的になって史哉から官能を引きだしていく。

感じやすい胸の頂に触れられて、思わず背中をしならせる。

「ああ……」

少しの刺激で尖った場所が、今度は熱くぬめった感触で包まれる。舌で転がすように何度も舐められた。

口に含まれたままで吸い上げられると腰の奥が疼いてどうにもならない。史哉は何度も体をくねらせた。

「いい反応をするな。おまえがおれのものになったことがよくわかるように、所有の印をつけてやる」

「あ、なに……?」

酔いと快感に犯された史哉は、すでに正常な判断力を失っていた。

乳首のすぐそばが噛みつくような勢いで吸い上げられる。

「あっ」

僅かに感じた痛みのあとに、じいんとした疼きが生まれる。

男の唇は剥きだしになった肌の上を滑り、次々痕を残していく。

男の手が下肢にかかり、ズボンを抜き取られる。

「ああ……っ」

両足を割られ、腿の内側にそっと指を滑らされる。

びくっと腰を浮かせると、足の付け根にも唇で痕が刻みこまれた。

熱くなった中心は天を向いて勃ち上がり、びくびく全身が震える。

「ずいぶん感じやすいな。これもラシッドの仕込みなのか、それともおまえが生来淫乱なのか……ラシッドの目を覚まさせてやるだけが目的だったが、これでは止まらなくなりそうだ」

耳に吹きこまれた意地悪な台詞に史哉は左右に首を振った。するとユーセフにきゅっと張りつめたものを握りられる。

何度か強く上下に擦られると、いっぺんに射精感に襲われた。

「ああっ」

体は熱くなる一方だ。

首筋にも強く唇が当てられる。

ちゅうっと吸いつかれながら、一緒に中心をしごかれると、体の奥から湧き起こる快感が抑えきれない。

先端からじわりと蜜のこぼれる感覚があって、史哉は小刻みに体を震わせた。

「や……っ」

「これだけ濡らしておいて、何がいやだ？　それとももっと他もいじめてくれという合図か？」

ユーセフは蜜をこぼしている先端を親指でくるくると撫で、史哉の恥ずかしい反応を暴く。

そして乳首をいじめていた方の手が急に下降した。

「ああっ、そこは……」

ゆるゆると秘密の狭間をなぞられて、史哉は高い声を放った。

解放を促すように前をぎゅっと握られると、我知らず腰をくねらせてしまう。

「すごい催促の仕方だな」

恥ずかしい。

でも史哉はそこを愛撫される気持ちよさを知っている。

くすりとした忍び笑いとともに、つぷりと長い指が中に入ってきた。

「やあ……」

熱くなった壁を擦られて一気に射精感が高まる。

「もっと感じればいい。おれの手で極めて、兄への執着を捨ててしまえ」

「やあ……っ」

ユーセフはいきなり中をえぐるように掻きまわし始めた。史哉の一番弱い場所をねらったように刺激してくる。

蜜をこぼす中心も、解放を促すように擦り立てられる。そのうえぷくりと勃った乳首にまで吸いつかれ、史哉はひとたまりもなく悦楽の徴を噴き上げた。

「ああ……ああ……」

白い喉を仰け反らせ、全身小刻みに震わせながら、どくどくと達してしまう。

解放の衝撃は大きく、胸を喘がせながら涙の滲んだ目を開けた。

果実酒の酔いと快感でぼんやりしていた頭に、稲妻が走ったように現実が飛びこんでくる。

上から覗きこんでいるのは青い瞳。

「う、うそ……だ……違う……違……っ……い、いやだ」

この人はラシッドじゃない……ラシッドじゃないのに……！

史哉は戦慄した。

一気に涙も溢れてくる。

再びぼやけてしまった視界には、愛する人とそっくりの影がある。

それでもこの人はラシッドじゃない……。

史哉は恥も外聞もなく嗚咽を上げた。

いきなり泣きだした史哉に、ユーセフは呆れたように体を退く。

「いつまで泣いている。いい加減にしろ」

冷ややかな声をかけられ、史哉はひくっとしゃくりあげた。

確かに二十四にもなってこんなことで泣くのはみっともなさすぎる。それにうんと年上に思えるユーセフは自分とたった一つしか年が違わないはずだ。

史哉は懸命に唇を噛みしめて涙を堪えた。

ユーセフはさすがにこれ以上史哉をどうこうする気はないようで、ベルを振って使用人を呼びつけている。

「この者を泊める。部屋を用意しろ」

音もなく現れた男に、ユーセフは短く命じた。

「ま、待って下さい。ぼくは帰らなければ」

思わず横から口を出すと、ユーセフは鋭い視線を向けてくる。

「その格好のままで帰るのか？　ハサンが見たらさぞかし嘆くことだろうな」

「あ……」

言われて跳ね起きた史哉は、初めて自分の姿に気づいた。シャツをはだけられ、ズボンは膝下までずり下ろされている。裸同然のままだったのだ。

慌てて体を丸めた史哉に、ユーセフは冷笑を浮かべた。

「特別におまえを我が館に招待してやろう」

「でも、ハサンが……」

史哉は小さく呟いた。

図書館に行くとしか言ってこなかった。王宮に帰らないとなったら、責任感の強いハサンは心配するだろう。

「おまえがここにいることはハサンもすでに知っているはずだ。さっき図書館でおまえについていたSPが確認している」

「SP?」

聞き慣れない言葉に史哉は首を傾げた。

「自分にSPがついていることも知らなかったのか? ラシッドがいったん自分の客だと認めたのだ。SPもつけずにおまえを一人でうろうろさせるわけがない」

苛立ったユーセフに吐き捨てるように言われ、初めて史哉は迎えの車を断った時に、あっさりとそれが受け入れられた理由を知った。

でも、それなら史哉がここでユーセフにされてしまったことも、ハサンやラシッドに筒抜けになってしまうのだろうか。

新たな恐怖にとらわれて、史哉はぶるりと震えた。

ユーセフは青い目をすがめ、にやりとした笑みを浮かべる。

「どうした？　おれの愛撫で達ったことを、ラシッドに知られるのが恐いのか？　でも残念だったな。明日の朝、おまえをアトーラに連れて行く。兄は他人の手垢がついたものに見向きもしないはずだ。おまえはもうラシッドにとって用済みの人間になったんだ。それを自分の目で確かめろ」

「そんな……」

史哉は呆然となった。

最後まで抱かれたわけじゃない。でも史哉がラシッドを裏切った事実は変わらない。

いくら酔っていても、ユーセフはラシッドじゃない。なのにユーセフの愛撫に溺れ、その手に欲望を吐きだしてしまった。

果実酒で酔ってしまったから、ユーセフ王子がラシッドにそっくりだったから間違えた。そんな言い訳はとおるはずもなかった。

ラシッド……！

心が悲鳴を上げる。

会いたくて、会いたくて、追いかけて行くつもりだった。やっと居場所がわかったというのに、こんなになってしまったのでは会わせる顔がない。

愛していた。ラシッドだけを愛しているのに……。

3

ファラサン王家所有の大型ヘリは、ルブ・アル・ハリと呼ばれる砂漠の上空で快適な飛行を続けていた。目的地はサマイから三百キロほど南にあるアトーラの遺跡群だ。

眼下にはどこまでも乾いた砂丘が続いていた。薄いコーラルピンクの風紋は、凪いだ海のうねりに見える。ところどころ小高い丘になっている岩場はその海に浮かぶ小さな島々だ。

熱気のせいで世界は全部陽炎のように揺らめいている。

心は暗い奈落の底に沈んだまま。それでも史哉は言葉もなく、大自然の営みがもたらした奇跡を見つめた。

朝までユーセフの離宮に留め置かれた史哉は、白のカンドーラ姿でこのヘリに乗せられた。

これからラシッドに会わなければいけないかと思うと、胸が疼くように痛くなる。

隣に座っているユーセフ王子の顔は見たくなくて、史哉はずっと眼下を眺めていた。

そのうちに、砂丘の中で何か動いているものが目にとまる。

「あ……動物？」

小さく呟くと、隣の席のユーセフも同じ窓を覗きこんでくる。

カンドーラの袖が触れ、史哉はびくりと体を固くした。

ユーセフには昨夜果実酒に酔った隙を突かれ、途中まで抱かれてしまったのだ。それにユーセフは史哉のことを、ラシッドの邪魔をする男娼だと弾劾している。

ユーセフは、史哉にラシャの実が混じった果実酒を飲ませた時から、いや、それより以前、図書館で出会った時から罠を仕掛けていたのかもしれない。

強ばった史哉とは違って、ユーセフは緊張感もなく余裕の態度だ。

「オリックスかもしれないな。以前は保護区にしかいなかったが、最近この辺でも生息が確認されているんだ」

オリックスは伝説の一角獣、ユニコーンの元になったといわれる美しい動物だ。

史哉は自分の立場も忘れて、ぽつりと呟いた。

「間近で見てみたいな……」

「おまえが幸運ならな」

昨日からずっと不機嫌だったユーセフが、何故だかふいに笑みを見せる。

ラシッドと同じ顔で微笑まれ、史哉はどきっとなった。けれどすぐ気まずくなって顔をそむける。

今はこんな他愛のないことをしゃべっている場合じゃない。

「殿下、あと十分ほどで目的地です」

「ポイントに間違いはないだろうな？　砂漠の中を探しまわるのはごめんだぞ」

「GPSが正常に機能してますし、先方とは無線も通じてます」

「わかった、ご苦労」

ヘリのパイロットとユーセフとの会話が耳に届き、史哉は緊張した。

もうすぐラシッドに会えるかと思うと嬉しくてたまらない。でも一方では恐怖に足がすくむような気もする。

むしのいい話かもしれないが、史哉はラシッドにすべてを打ち明け、許してもらいたいと思っていた。でも本当にラシッドは許してくれるのだろうか。

大丈夫だと、信じていたい。でも、もしだめだったら……。

何度も何度も同じ思いが交錯するが、その結果はすぐに出てしまうのだ。

眼下に遺跡らしい岩の群が見えてきた。地上に近づくにつれてショベルカーやトラック、テントなどの形もはっきりしてくる。

王家のヘリは、そのテント村の近くに砂塵を巻き上げながら降下した。

轟音の響く中でドアが開くと、突然熱風に襲われる。史哉はユーセフの手を借りて、ヘリから砂丘の上に降り立った。

強い日差しで一瞬目がくらむ。史哉は何度か瞬きしたあとで前方のテント村に目を凝らした。

砂塵の中、薄茶色の大きなテントの前に背の高い男が立っている。

白いカンドーラと頭を覆うカフィーヤが風になびいているが、しっかりと大地を踏みしめて立っている様は、まるで王者のようだ。

ラシッド……!

愛しい恋人の姿を見た刹那、胸に痛みが突き抜ける。

「早くこい、フミヤ」

思わず立ち止まった史哉の手を、ユーセフは乱暴に引いた。史哉はそのままラシッドの前まで引き立てて行かれる。

「ここへ何しにきた?」

あまりにも冷ややかな声に、史哉は凍りついた。

ラシッドの表情には激しい怒りがある。青い目が史哉を突き刺すように見つめていた。

声も出なかった史哉の代わりに、横からユーセフが口を開く。

「事前に知らせておいたとおり発掘の見学ですよ。この研究チームはおれの母校のチームだし」

「見学だと? 何を悠長な……帰国命令を散々引き延ばしたあげく、ようやく顔を見せたと思えば、どうしてフミヤを連れてきた？　ここが今どんな状況か、知らないわけじゃないだろう」

心臓がどくんと大きく跳ね返る。

ラシッドはユーセフを咎めているが、激しい怒りのほとんどはやっぱり自分に向けられている。

ちらりと窺ったユーセフは不敵な笑みを浮かべていた。ラシッドの迫力にも決して負けていない。

二人を見比べて、やっと史哉は納得した。似ているのは顔つきや背格好というより、二人の持つ雰囲気なのだ。ラシッドの方が年長だけに、威厳では勝っていると思うが、ユーセフのふてぶてしさも恐ろしいほどだ。

長い間ファラサンを治めてきた、高貴な王家の血筋。それが凝縮しているかのような二人は、似ていて当たり前だったのだ。

ユーセフは史哉の肩をぐっと抱きよせ、わざとラシッドを煽るような言葉を吐く。

「この小鳥があなたに会いたがっていたのでね。それに、これのことはおれも気に入った」

あまりなことを言うユーセフに、史哉は体を強ばらせた。

ラシッドはいかにも不快そうに眉間に皺をよせ、押し黙っている。

「フミヤは自分からのこのことおれについてきたんだ。別にハーレムに入れていたわけでもないんだろ？　あなたの所有物じゃないなら、おれが手を出してもかまわない。そういうことだろ？」

「ユーセフ、おまえは」

ラシッドはいきなりユーセフのカンドーラをわしづかんだ。

その勢いで、肩を抱かれていた史哉の方はやっと自由になる。

でもラシッドに喉元を締め上げられても、ユーセフは不敵に笑っているだけだ。

「気に入りの愛妾なら、閉じこめておけばよかったんだ。そうでなければ片時も離さずそばに置いておくか……どっちにしても、他の者の手垢がついたものは、もういらないだろ?」

ユーセフがうそぶいたとたん、ラシッドは拳を振り上げた。

「やめて、ラシッド!」

とっさに腕に飛びつくと、動きを止められたラシッドは鋭く史哉を見据えてくる。

「何故止める?」

「兄弟で争うのはやめて下さい」

ラシッドはゆっくりとユーセフを離した。

そして今度は史哉の両肩をつかむ。

「フミヤ、おまえはユーセフに触れさせたのか?」

うそやごまかしのきかない鋭い視線が突き刺さり、史哉はすがるようにラシッドを見つめた。

肩に指がくいこんで鋭い痛みが走る。

「ラシッド……ぼくは……ぼくは……」

無理やりだったと言い訳したかった。

最後まで汚されたわけでもない。でも、体にはユーセフに触れられた痕がしっかり残っている。果実酒で酔わされたとはいえ、ラシッドの愛撫と間違えて、ユーセフの手で達かされた事実は変わらない。

どう言い訳したところで、許されるわけがなかった。

いつまでも返事がないことで、よけいラシッドの視線が鋭くなる。

激しい怒りに触れて、胸が張り裂けそうに痛んだ。

だが、その時、テントの中から走りでてきた者があって、三人を縛っていた緊張が解ける。

「殿下、緊急連絡です」

伝言を持ってきたのは、カーキ色の軍服を着た男だった。

「わかった、今行く。フミヤ、おまえは休憩室で待っていろ」

ラシッドは腹立たしげに吐き捨てて、じろりと再び史哉をにらんだ。

慌ただしくテントの中に消えたラシッドと入れ替わりで、眼鏡をかけ、長い金髪を後ろで一結びにした若い女性が姿を現す。

「ユーセフ殿下、それにフミヤさん? ようこそアトーラへ。休憩室へいらっしゃる前に、発掘しているところ、ご覧になりたいでしょ? わたしが案内します」

開襟の白い半袖シャツにベージュのコットンパンツを身に着けた女性は、美人なうえきびきびとして、いかにも有能そうに見えた。

「忙しそうだな、ジョイス。レーヴァの宮殿とか墓とかは見つかったのか?」

「まだまだですよ、ユーセフ殿下。でも今掘り進めている縦穴の先には、きっと何かあります」

二人は以前から知り合いらしく、気軽に会話を交わしている。史哉はとぼとぼと二人のあとに従った。

テントから少し歩いたところに、黄土色の砂岩でできた住居の跡がいくつか覗いていた。ジョイスが指差したのは、広場の真ん中あたりにある場所だ。そこにはブルーのシートで覆われた二メートル四方ほどの縦穴が掘られていた。

すでにかなりの深さで、底では一人の作業員が慎重に少しずつ穴を掘り進めている。

「今のところ、めぼしいものが出土したってわけでもないし、見ててもあまりおもしろくないでしょう? 他の場所のもみんな似たような感じよ」

くすりと笑いを含んだ声で問われる。

面白半分にくる場所じゃない。そう咎められているような感じだった。

あれほど憧れた遺跡は、地面に掘られている縦穴一つ。専門家じゃない史哉には、これの何がファラの女王、レーヴァに結びついているのか、さっぱりわからない。

そばにラシッドがいないことで、遺跡そのものに対する興味も半減していた。

ルーリの遺跡を訪れた時、あれほど感動したのは、ラシッドと一緒だったせいだと、史哉はつくづく思い知らされる。

最初から遺跡に興味がないと宣言していたユーセフも、おざなりにその辺を眺めているだけだ。

二人の様子を見たジョイスは、呆れたように肩をすくめた。

「それじゃ、休憩室に案内しますね」

発掘用のテントはいくつもあって、史哉とユーセフは中の一つに案内される。

まるで独立した家屋のように大きなもので、驚いたことに内部にはエアコンまで設置されている。遠くからモーター音がしているので発電機を使っているのだろう。シンプルなテーブルと椅子が何脚か置かれ、冷蔵庫やテレビなども完備した居心地のよさそうなスペースだった。

「申し訳ないけど、わたしはまだやらなくちゃいけないことがあるので、飲み物はセルフでお願いしますね」

ジョイスはそう言って姿を消す。

史哉はどっと手近にあった椅子に座りこんだ。

ユーセフはドリンク用のカウンターでコーヒーを注いでいる。そして史哉の前にも湯気の立つ紙コップを置いた。

「フミヤ、ラシッドに期待しても無駄だと、よくわかっただろう。ラシッドのことはおれが一番よく知っている。何しろ子供の頃から何度も争ってきた仲だからな」

「あなたは卑怯だ」

悔しさのあまり、史哉はきっとユーセフをにらみつけた。

昨日は酔っていたせいでうまく頭がまわらなかったが、ユーセフは最初から史哉を排除する目的で近づいてきたのだ。そしてラシッドの性格を知り尽くしているユーセフは、もっとも効果的なやり方をした。

「卑怯か……いかにもそうだな。だがラシッドは皇太子だ。ファラサンを継ぐ義務がある。それにはっきり言ってラシッドにしかこの国を治められない。それぐらい国政に熱心だからな。だからおまえは邪魔なんだよ、フミヤ」

「邪魔……」

史哉は唇を震わせながら呟いた。

おまえは邪魔だ。

そうはっきり言われてしまえば、これ以上ユーセフを責められない。

さっきは逆らうようなことを言っていたユーセフも、ラシッドの力は認めている。そして頼りにもしているのだろう。

卑怯なやり口は許せないと思うのに、ユーセフに対する怒りは急速に遠のいていく。

「フミヤ、そうがっかりするな」

ユーセフは宥めるように史哉の肩を抱きよせた。

「離して下さいっ」

びくりとなった史哉は激しくユーセフの手を振り払う。しかしユーセフはさほど怒りもせずに苦笑しただけだ。

「そう邪険にするな。おまえがラシッドに捨てられたら、代わりにおれが面倒を見てやってもいい」

「どうしてそんなことを？」

「理由なんかどうでもいいだろ。とにかくおまえのその頑固さは嫌いじゃないし、強いて言えば体の相性もよさそうだってことか」

傲慢な言い方に沸々と怒りが湧いた。

「信じられない……あなたは、ラシッドがぼくを玩具と同様に見ていると言った。だから手垢のついたものには見向きもしないって。でもあなただって一緒だろ？　ぼくはものじゃないのに！」

史哉が怒りをぶつけると、ユーセフは初めて気まずそうな顔になる。

「フミヤ、おれは……」

「お願いです。ぼくはラシッドに顔向けできないことをしてしまった。あなたの目的はそれで果たされたでしょう？　もうこれ以上ぼくをかまわないで下さい。この先はぼくとラシッドの問題だ。ぼくは捨てられてしまうかもしれない。それでもあなたを恨んだりはしません。ぼくの存在がファラサンにとって邪魔でも、ぼくを切り捨てる権利を持っているのはラシッドだけだ。ラシッドがぼくをいらないと言うのなら、ぼくは黙って日本に帰ります。これ以上皆さんに迷惑はかけません。だから、お願いです。もうぼくのことはほっといて下さい」

史哉は胸の中にあったものを全部一気に吐きだした。

ユーセフは勢いに気圧されたように黙りこむ。そして長い時間が経ってから、ふうっとため息をついた。

「フミヤ……すまなかった」

ユーセフは史哉の肩にぽんと手を置いたあとで、静かにテントを出て行った。

史哉は傲慢なユーセフが謝罪したことに驚いたが、今さら謝られたところで問題は何も解決しない。

史哉はテーブルに両肘をついて、ずきずきと痛み始めたこめかみを押さえた。

ユーセフには強気なことを言ったけれど自信がない。何もかもに自信がなかった。

本当にラシッドに見捨てられてしまったら、どうすればいいのだろう。

自分の存在はラシッドにとって本当に意味あるものなのか？

もしラシッドが許してくれたとしても、一国の皇太子である身分を捨てさせていいのか？　ぎりぎりのところで目が覚めたとはいえ、ユーセフ王子の愛撫に応えてしまった事実は何よりも重くのしかかっている。

だけどラシッドはあんなに愛していると言ってくれたのだ。何度も抱いてくれた。

だから、このまま終わってしまうのだけはいやだ。

きっとラシッドはわかってくれる。きっと許してくれるはずだと信じていたい。

しばらく悶々としているうちに、先程ラシッドに報告していた軍服の男がテント内に入ってくる。

「フミヤ様、皇太子殿下は今、問題が起きた地域の警備員から報告を聞いておられる最中です。打ち合わせがお済みになれば、すぐこちらへこられますから、それまでもう少しお待ち下さい」

男は直立不動でそんな言葉をかけてくる。

自分のことにばかりかまけていた史哉は、やっとここが問題の多い場所だと言われていたことを思いだす。

「あの、発掘チームの方たちが危ない目に遭われているということは……？」

「どうぞご心配なく。殿下が警備隊を率いておられる限り大丈夫です。このあたりにはどこの団体にも属していない山岳部族がいます。彼らはこの辺を自分たちの土地だと思っているので、発掘チームを追いだそうと、時々攻撃を仕掛けてくるんです。ここらは国境線も複雑で、発掘も広範囲に渡っておりますので、今回は特別に、軍と警察と民間からもガードが出てるんです。それで統率が取れなくて、殿下が直接指揮を執っておられるのです。先程も新しい脅迫状が投げこまれたのですが、犯人はまだそう遠くへ行ってないはずだから、まもなくつかまりますよ」

男は胸を張って誇らしそうに説明する。

部屋を出ていく男に、ありがとうと言いながら、史哉はため息をついた。

ラシッドはここでも皆から頼りにされて忙しいのだ。

なのに、自分はなんてわがままだったんだろう。

おとなしく待っていろと言われたのに追いかけて行こうとして、取り返しのつかない罪を犯してしまった。


ラシッドが慌ただしく休憩室に入ってきたのは、あたりが夕闇に包まれた頃だった。

「フミヤ、どうしてユーセフと一緒にきたのだ?」

ラシッドは開口一番、苛立たしげに史哉の腕を取って問いつめる。

「ラシッド……ごめんなさい。ぼくは一人で王宮にいるのがいやで、あなたのあとを追いかけようと思ったんです。それで図書館の前でユーセフ様に声をかけられて」

「それでのこのこついて行ったのか！」

いきなり怒鳴るように言われ、史哉はびくりと震えた。

自分がいかに馬鹿なことをしたか、もうわかっているだけに、よけいいたたまれない。

まともに顔を見る勇気がなくて俯いていると、急にラシッドの手が史哉のカンドーラに伸ばされる。ぐいっと胸元をつかまれ、それから分厚い布地が裂けてしまいそうな勢いではだけられる。

「なんだ、これは？」

ラシッドの怒りに満ちた視線が痛いほど露出した肌に突き刺さった。

見られているのは罪を犯した印。ユーセフに刻まれた痕だ。最初からラシッドに見せるのが目的でつけられた愛撫の痕はあちこちに残っていた。

「フミヤ、答えろ。これはなんだ？」

首筋から胸元へ、順にラシッドの視線が移る。そして残された痕一つ一つを指で強くつつかれた。

史哉はそのたびにぐらりと上体を傾ける。

でも、ラシッドの望む答えなど言えるはずもない。ただぐっと唇を噛みしめて、この苦しい時がすぎてくれることを願った。

「ここもか、こんなところにまで」

乳首のすぐそばにも痕が残されているのを見て、ラシッドはますます怒りを大きくする。

言い訳のできない史哉はじっとラシッドの糾弾を堪え忍んだ。

ぎゅっと怒りを込めるように右の乳首を捻られる。

「い、痛い」

激しい痛みが突き抜けて、史哉はじわりと涙を滲ませた。

「ほんの少し留守にしただけで、もう男漁りに出かけていたとは、信じられない」

「そんなっ、違います！　男漁りだなんて……ぼくは……っ」

「こんな痕を残しているのが何よりの証拠だろう。あれだけ抱いてやったのに足りなかったのか？

よりにもよってユーセフを誘惑するとは」

ラシッドはいきなり噛みつくようなキスをした。

「んんうっ、んくっ……ふ……っ」

舌を入れられ、ちぎれそうなほど強く吸われる。

史哉は苦しさのあまり、大きく胸を喘がせた。

カフィーヤごと髪をつかまれて上向きにされ、さらに乱暴に唇を奪われる。

ラシッドはそのまま史哉をテーブルの上に押し倒した。

勢いで、飲みかけだったコーヒーのカップが転がって、リノリウムの床に落ちる。

「やっ、何をなさるんですか?」

怒りの激しさに恐怖を覚えた史哉は引きつった声を上げた。

「男がほしいんだろう。飢えているならわたしに言え。いくらでも相手をしてやる」

「ここは休憩室です! やめっ」

ラシッドはカンドーラの裾に手を入れて、ぎゅっと無造作に史哉の中心をつかむ。

「いやあっ」

ラシッドはテーブルで仰向けになった史哉の上にのしかかり、首筋にも噛みつくように口づける。

そして握りしめたものを性急に擦り立てた。

優しさの欠片もない行為だった。

こんなにもラシッドの怒りを買ったことが悲しくて、涙がこぼれてくる。

史哉はただの愛玩物。だからこそ、他の男の手垢がついたことが許せないのだ。

胸の痛みが頂点に達しようかという時、ふいにラシッドの動きが止まる。

「ラシッド……? あらまぁ、お取り込み中でした? ちょっとご意見を伺いたいことがあったんですけど」

さっき遺跡を案内してくれたジョイスだった。

男同士の修羅場を目撃しても、理知的な彼女には動じた様子がない。さらりと軽く頼まれて、ラシッドはあっさり史哉を手放した。

「ジョイス、もちろんいいですよ。お話はわたしの個室で伺いましょう」

史哉は涙のにじんだ目で、ラシッドが親しげにジョイスの肩を抱いて、部屋から出ていくのを見つめていた。

一人取り残されたテントの中で、史哉はゆっくり上体を起こした。

ユーセフに煽られた怒りで、ラシッドは無理やり史哉を抱こうとした。なのに正気に戻ったとたん、あっさり放りだした。

まるで壊れた玩具を捨てるように、史哉もまた見捨てられてしまったのだ。

これではユーセフの言ったとおりだ。

油断すると涙が次から次からこぼれてきそうだ。

史哉は震える指先で乱されたカンドーラを元に戻し、そっとテントから抜けだした。

誰にも顔を見られたくない。だから他のテントの灯りが届かない、暗がりの方にまわる。

空には白々と冴えた輝きを放つ半月が昇っていた。そして満天に輝く星。

月明かりを反射して、夜の砂丘はにぶい光を放ちながらどこまでも続いている。

ラシッドと一緒に夜の砂漠を見たのはいつだっただろう。

昼は炎熱が続く砂丘だが、夜にはかなり冷えこみが厳しくなる。

堪えきれない寂しさが押しよせた。

温かく抱きしめてもらいたかった。ユーセフに傷つけられたことを慰めてもらいたかった。

でも史哉はラシッドに愛される資格を失ってしまった。

ラシッドは他人の手垢のついたものは、もういらないのだ。

史哉は力なくその場に蹲った。

ラシッドを失った史哉は、この先いったいどうすればいいのだろう。

日本に帰りたい……。

うつろに思いながら、史哉は膝をかかえこむ。

「うっ！」

背後から忍びよった黒い影に、いきなり口を塞がれる。

次の瞬間、首の後ろに激しい痛みが走り、史哉は恐怖を感じる暇もなく意識を失った。

4

これが国境を必要としない山岳部族の村なのだろうか。

史哉はロープで縛られたままで馬に乗せられ、長い距離を運ばれた。

史哉をとらえたのは黒い民族衣装を着たベドウィンの男だった。テントに脅迫状を投げこんだ者を捜索中だと言っていたから、この男が犯人なのかもしれない。

不思議と恐怖は感じていなかった。

頭の中がラシッドのことでいっぱいだったせいで、感覚が麻痺しているのだろうか。

何一つ目印はなく、しかも暗い砂丘を、男は星の位置だけを頼りに馬を走らせ、アジトまで史哉を連れてきた。

小高い岩山の途中にある村だ。岩棚に石垣を巡らせてあって、その中にいくつかテントの影がある。

山岳部族は昔からどこの国にも所属せずに、自立してきたのだと聞かされていた。国に頼っていないから、国の法律にも従わない。この部族にとって、遺跡発掘のチームは縄張りを侵す侵入者なのだろう。

史哉は馬から下ろされたあと、村を囲っている石垣に繋がれた。高さはあまりないが、外側は崖になっている。

男はどこかへ姿を消し、史哉だけが取り残される。

「寒いな……でも、なんて星がきれいなんだろう」

史哉は自分の腕で自分自身を抱きしめながら、天上を見上げた。

月が沈んでしまったせいで、文字どおり降るような星空だ。

遠い古代にも、同じ星がこの場所を照らしていたのだ。ファラの国の女王、レーヴァも、今の史哉のように同じ星空を眺めていたかもしれない。

さっき発掘中の穴を見た時は何も感じなかったのに、今頃になって神話を思い浮かべていることがおかしくなる。

ずっと天上を仰ぎ、きれいな星空を眺めていると、そのうちさすがに首が痛くなってくる。

史哉は冷え冷えとした石垣に背中を預け、そっと目を閉じた。

まぶたの裏にあるのはラシッドの精悍な顔だけだ。

「ラシッド……」

史哉はそっと愛しい人の名前を呟く。

ラシッドは助けにきてくれるだろうか。

信頼を失い、そして愛情も失ってしまった。だからもう見捨てられてしまったかもしれない。

なんだか短い間に色々あって、考えることに疲れてしまった。

深夜の寒さがじわじわと堪えてくる。

かちかち歯が鳴る頃になって、史哉はふと何かの物音がするのに気づいた。

ざっ、ざっ、とかすかだが、崖の上で何かが擦れているような音がした。

とくんと心臓が鳴る。

ラシッド……？

近づいてくる音に、もしかしてと期待が高まる。

時間の経つのが遅くて焦れったい。

「フミヤ……そこにいるのか？」

あたりをはばかるような低い声が耳に届いた瞬間、史哉はぽろりと涙をこぼした。

「ら、ラシッド……」

「しっ、フミヤ、心配するな。今、助けてやる」

助けにきてくれた！

それだけで胸がいっぱいで、史哉は何度も無言で頷いた。

待つほどもなく、史哉は崖をよじ登ってきたラシッドにふわりと抱きしめられる。

後ろ手に縛られているからしがみつくことができない。それがどれだけもどかしかったか。

ラシッドは腰に差していたナイフを出して、史哉を縛っていたロープを切った。

「ラシッド！」

やっと自由になって史哉はラシッドに飛びついた。

しっかりと抱きしめ返してくれる腕の力強さが嬉しくてたまらない。ひしとすがってしまう。

涙が止めどなく流れてラシッドの胸を濡らす。

「フミヤ、さあ、ここから逃げるぞ」

頼もしい言葉に史哉は何度もこくこくと頷いた。

ラシッドは持ってきたロープの端を石垣に結びつけ、もう一方の端を崖から下に垂らす。それから別のロープを史哉の腰に巻いて、それを自分の体にしっかり固定した
「フミヤ、ロープを伝って下まで下りるんだ。少しずつでいい。わたしがおまえを抱いていくから恐くない。大丈夫だな？」

「は、はい……」

石垣の下は切り立った崖だ。相当の高さがあった。

サバイバルにもアウトドアにも縁のなかった史哉は恐くてたまらなかったが、ラシッドの助けがあれば、なんとかやり遂げられる気がする。

史哉は石垣の外にそろそろと体を出した。ラシッドはその史哉の体を背後から包みこむように左腕で支えている。史哉はなるべくラシッドに負担をかけないよう、両手でしっかりロープを握りしめて少しずつ崖を下りた。

高低差は三十メートルほどあっただろうか。それでもあと少し、ほんの何歩かで一番下まで到着しそうだ。

史哉がほっと息をついた、その時。

バ――――ン……

耳をつんざくような轟音があたり一面に鳴り響いた。

刹那、史哉はぎゅっとラシッドに抱きしめられる。

しかし次の瞬間、ふいに史哉を包みこんでいた体温が遠のいた。

史哉は信じられない思いで振り返った。

背中から史哉を抱いていたはずのラシッドがいない。

恐怖に駆られた史哉は、足元に視線を彷徨わせた。

カンドーラ姿の男が地面に仰向けで倒れ伏している。左肩から胸にかけて、白いはずのカンドーラが真っ赤に染まっていた。

「いやあぁぁぁぁぁ――――!」

史哉は絶叫しながらロープを離した。地面を目がけて飛び下り、何度も転がりながらラシッドの体にむしゃぶりつく。

ぐったりと力なく横たわった体を力いっぱい揺さぶった。

「いやだ、いやだ……ラシッド!」

狂ったように呼びながら、ラシッドを揺り起こす。

あたりでは時ならぬ銃撃戦が始まっていた。

誰かが史哉の体を抱きかかえて、肩に担ぎ上げる。

「やだ、下ろせ! 下ろせよっ!」

史哉はラシッドのそばから引き離されるのがいやで、暴れまわった。

「危ないから、おとなしくしろ!」

史哉を叱責したのはユーセフだった。

「下ろせ! ラシッドがあそこに……ラシッドが」

「今、ラシッドも誰かが連れてくる。だから暴れるな」

ユーセフは史哉を肩に担ぎ上げたままで、近くで待機していたトラックまで走った。

荷台に乗せられたあとも史哉は恐怖でがたがた震えていた。

ラシッドが死んでしまった……ラシッドが……。

血があんなに出て……。

いやだ……いやだ……！

涙が滝のようにこぼれてくる。

「殿下は大丈夫かっ？　早くこっちに！」

「そっと運べ」

大勢の男たちの声が入り乱れていた。

そしてとうとう、ぐったりしたカンドーラ姿の男が同じ荷台に乗せられる。

ラシッド！

とっさにしがみつこうとした史哉だが、まわりを取り囲んだ男たちに止められてしまう。

中の一人は白衣を着ていた。ポケットから聴診器を取りだして、ラシッドの胸にあてている。

史哉は恐怖の続く中で必死に目を凝らしていた。

うそだ。死ぬはずがない。

ラシッドがこんなことぐらいで死ぬはずが……。

医者が診断を下すまで、永久かと思われるほどの時間だった。

「殿下はたぶん脳しんとうを起こしておられるだけだ。おそらくフミヤを庇ったせいで受け身を取る体勢に無理があったのだろう。弾も右肩を掠めただけだ。出血が多いわりに傷は浅い」

医者の声を聞いたとたん、史哉は安堵のあまり、ふうっと気が遠くなりそうだった。

「まったく、一人で助けに行くなんて、無茶をしたくせに、なんていう悪運の強さだ」

憎まれ口を叩いたのはユーセフだった。でも視線は心配そうにじっとラシッドに注がれている。

大型のトラックはガタガタ動きだしていた。

史哉は新たにどっとこぼれてきた涙を袖で拭いながら、ラシッドに近づいた。


翌朝——遺跡調査のテント村。

医療用設備の整ったテントの中で、史哉はラシッドと向かい合っていた。

「フミヤ、心配かけたようだな」

「ラシッド……」

史哉は囁くように言って大きな胸に顔を埋めた。ラシッドの長い腕が背中にまわり、そっと抱きしめられる。

自分を助けにきてくれたラシッドが軽い怪我で済んだことを思うと、神に感謝を捧げたくなる。

ラシッドは昨夜このテントに運びこまれてすぐに意識を取り戻した。レントゲン検査でもどこにも異常はなかった。大事をとって一晩ベッドで眠ったラシッドは、肩に包帯を巻いているだけで、もういつもと変わらぬ威厳ある姿に戻っている。

「おまえがさらわれたと知った時は、生きた心地もなかった」

「ぼくの方こそ、あなたが倒れた時は、恐くて恐くて……」

史哉を拉致したのは、やはりこのあたりを縄張りにしている山岳部族の一つだったそうだ。

想像したとおり、史哉は調査隊をここから追いだす目的で人質にされたのだ。

しかし昨日の銃撃戦での警備隊の威嚇が効いたようで、このあとしばらくは、おとなしくしているだろうとのことだった。武装はしているものの、さほど好戦的な部族ではなかったのが幸いだったとの話だ。

ベドウィン側にも警備隊側にも、ラシッド以外、ほとんど怪我人が出なかったことは、何よりも喜ぶべきことだ。

「ラシッド、許して下さい。あなたが苦労なさっていることも知らず、ぼくがかってな行動をしたばかりに」

「もう何も言うな。わたしの方こそ、おまえを危ない目に遭わせてしまったことを謝らねばならない。テント村に忍びこんでいた賊を事前にとらえられなかったのは警備隊の落ち度。つまりは長であるわたしの責任だ。それにろくに説明もせず、おまえを王宮に残してきてしまったことも後悔している。もっとちゃんと話しておくべきだった。そうすればおまえがユーセフの口車に乗せられることもなかったのに」

「ごめんなさい……ぼくは……ユーセフ殿下があまりあなたに似ているものだから……それで」

「もういいと言っている」

申し訳なさで顔を背けた史哉を、ラシッドは骨が折れそうなほどの力で抱きしめた。

「フミヤ、あとにも先にもおまえほどわたしを魅了した者はいない。これほど執着を感じたのも、おまえが初めてだ」

「ラシッド……」

真摯な言葉を聞いて、また涙が溢れてくる。

泣いてばかりなのを見られたくなくて、史哉はそっとラシッドの胸に顔を伏せ、両手でしっかりとカンドーラを握りしめる。

いらなくなった玩具のように捨てられてしまうかもしれない。

そんなことを思っていた自分が恥ずかしい。

ラシッドは宥めるように史哉の髪を撫でた。

「おまえをずっとそばに置いておきたかったのだ。朝から晩まで片時も離さずかわいがっていたいと思っていた。だからおまえを日本に帰してやらなかったのも、わたしのわがままだ。許せ」

「おそばにいたいのはぼくも同じです」

「だが、おまえには籠の鳥のような生活が不満だったのだろう。違うか？」

史哉は思わず顔を上げて、首を振った。

「違います！　自由がほしいとかじゃなくて、ぼくはただ何もしないでいるのが、いやだっただけです。何か、ぼくにできるような仕事がしたいと思っただけ」

懸命に訴えると、ラシッドはほっとしたように微笑んだ。

「そうだな……おまえは驚くほど外国語を吸収するのが早い。アラビア語もすでに不自由なく話せるのだろう？」

「でも、読み書きはまだまだだめです」

「だが、おまえならすぐにそれも覚えそうだ。フミヤ、どうだ、もう少し語学を学んで、わたし専用の通訳になるというのは？」

「え、通訳ですか？」

「そうだ。どうやらユーセフにこの国を継ぐことを承知させるのは難しいようだ。だがまだサリムもいるし、父だってこれから先まだまだ長生きするだろう。とにかくおまえが色々気にすることはない。大臣どもにはもう一度はっきりと結婚する気はないと言っておく。だがわたしはファラサンを離れる気もない。ずっとこの国のために仕事を続けていくつもりだ。これからはますます外国との交渉ごとも増えていくだろう。だからおまえがそれを手伝ってくれれば嬉しいが」

「もちろんです。ぼくにできることなら、なんでもします。それに外国語を話すのはちっとも苦痛じゃない」

史哉は、夢じゃないかと頬をつねりたくなるような気分だった。

一時はラシッドの愛を失ってしまったかと悲嘆にくれていたのに、今は密かに望んでいたことまでが叶えられている。

「わたしはいつか、砂丘に緑を呼び戻す計画も実行する。フミヤ、おまえにはそれも手伝ってほしい。とにかくしばらくの間、おまえの学習場所は王宮の図書室ということにしよう。あそこを管理している教授に頼んで、おまえの先生を派遣してもらう。それでどうだ、フミヤ?」

「ラシッド……」

史哉はラシッドの腕の中でやわらかく微笑んだ。

「本当はおまえを今すぐ抱きたい。だがここではそれも叶わないな」

テントの外からは、忙しそうに働く人たちの声が聞こえてくる。

ラシッドはいかにも残念そうに、額に軽いキスをしただけで史哉を手放した。

「あなたたちには負けましたよ」

「ユーセフ、おまえ」

午後になって、それまでどこかへ姿を隠していたユーセフがふいにテント村の休憩室に現れる。

ラシッドは史哉を隠すようにユーセフとの間に立ちはだかった。

あからさまな態度に、ユーセフは、やれやれといったように両手を広げる。

「頑固者でどうしようもなかった兄を、これほど骨抜きにしてしまったフミヤには敬意を表するよ。おまえのことは気に入ってたんだが、兄がこの調子では、これ以上おまえに手を出すと本当に殺されそうだ。おれは手を引こう。フミヤ、兄をこれからもよろしく頼む」

ユーセフは、ラシッドの肩越しに史哉を覗きこむようにそんなことを言った。

そして真っ直ぐにラシッドに視線を移して再び口を開く。

「フミヤに手を出したこと、おれは謝らない。だが二人には贈り物を用意した」

「贈り物？　おまえがか？」

ラシッドは皮肉っぽく問い返した。

「ああ、詫びと受け取ってもらってもいいし、二人への祝福と受け取ってもらってもいい。とにかく今すぐ春の離宮に行けばいい。そこにすべて用意してあるから」

「春の離宮？　どういうことだ」

「行けばわかるさ」

怪訝そうに眉をひそめたラシッドに、ユーセフは不敵な笑みを見せる。

「ラシッド、おれはファラサンを継ぐ気はない。だがキャンプを留守にする間ぐらいは、公務を引き受けてやるよ。ま、たいしたことはないだろうが、怪我のこともある。だから二人してとっととここを抜けだすんだな。ヘリももう呼んである」

史哉は狐につままれたようだったが、ラシッドは何か思うところがあったのだろう。ユーセフににやりとした笑みを向けると、いきなり史哉の手を引いた。

テントから一歩外に出ると同時に、容赦のない日差しが襲いかかった。史哉は眩しさに目を細めながら、ラシッドに問いかける。

「ラシッド、どういうことなんですか？」

「行けばわかる。ユーセフはそう言った。時折無茶をするが、基本的には信頼するに足る男だ。ヘリも迎えにきたようだ。とにかく出発しよう。サマイには日没前には着くだろう」

ラシッドは史哉の手を握ったままでそう言って、砂塵を巻き上げているヘリへと足を向けた。

ヘリでサマイに戻って王宮へいったん顔を出す。

そのあとラシッドと史哉は車で春の離宮に向かった。

「ここが春の離宮だ。今はわたしが所有している」

一目見た瞬間、史哉はあまりの美しさに息をのんだ。建物は確かにアラビア風。でも広い前庭、そして離宮の壁や屋根近くにもいっぱい花が咲き乱れている。白やピンク、黄色に赤、種類も色も様々な花々があちこちに固まりを作って咲き誇っていた。

「皇太子殿下、お久しぶりでございます。お待ち申し上げておりました」

「フミヤ様も、ようこそ春の離宮へ」

車を降りると大勢の使用人たちが二人を恭しく出迎える。

「ユーセフが何か頼んでいったようだな」

「はい、ユーセフ殿下のお言いつけで、準備はすべて整っております。さあ、殿下はこちらへ。そしてフミヤ様はあちらでご用意を」

ラシッドと引き離されそうになって、史哉はかすかな不安を感じた。

「大丈夫だ、フミヤ。ユーセフが何かサプライズでも用意している感じだから、おとなしく言うことを聞いておけ」

ラシッドに言われ、史哉は素直にカンドーラを着た使用人に従った。

中庭にも色とりどりの花が溢れている。回廊を歩く時もいい香りがした。

きっとこの庭のすばらしさから、ここは春の離宮と呼ばれているのだろう。

「さあ、フミヤ様、お召し物を脱いで、お体を清めて下さい」

「え、体を清める？」

案内されたのは何故か浴室だ。着ていたカンドーラに手をかけられて、史哉は緊張した。

「一人でできますから」

王宮でも何度も口にした台詞を言うと、伸びていた手はすぐに離れていく。けれど三人ほどいる使用人はこの場から立ち去る気などないらしい。

史哉はため息をつき、おとなしく介添えされるままに入浴を済ませた。

浴室を出ると、次には肌全体にいい匂いのする香油をすりこまれる。そして史哉は最後に、何やらきらきらした薄ものの衣装を着せられた。

「え、これ、なんですか？　これって女性が着るものじゃ……？」

「そうです、フミヤ様。ユーセフ殿下のご命令です。殿下がお待ちですから早くお召し替えを」

とまどう史哉をよそに、いつの間にか現れたアバヤ姿の女性にも手伝われ、半ば強制的に女性用の衣装を身に着けさせられる。ふわりとしたズボンはかなりのローライズで足首はリボンで結ばれる。それに、刺繍の施された豪華な布で、申し訳程度に胸だけを覆う。

煌びやかな衣装は、どう見てもベリーダンスをする女性が着るもののようだ。

ベリーダンスはもともと神に捧げる踊りだそうだが、史哉にとっては恐ろしい格好だ。

だが使用人たちの手は止まらない。頭に飾りをつけられ、さらに薄く透けたベールを被せられる。

「とてもおきれいです、フミヤ様」

「殿下とは本当にお似合いです」

いくらサプライズにしても、ここまでやるとはいったいなんなのだろう。

だが史哉は深く考えている暇もなく、ラシッドが待っているという部屋に連れていかれた。

「ラシッド……これって」

ラシッドの顔を見たとたん、史哉は泣きそうな声を出した。

そのラシッドも今まで着ていたカンドーラではなく、金糸や銀糸で複雑な縫い取りがされた豪華な衣装をまとっている。まるでアラビアンナイトに出てくる王様のような格好だった。

「こっちへおいで」

手招きされるままに史哉はラシッドのそばまで近づいた。

室内に椅子やテーブルの類はない。ラシッドが座っているのは他より少しだけ高くなった場所で、大小さまざまなサイズのクッションが堆《うずたか》く置かれている。

史哉は重なったクッションに埋もれるようにして、ラシッドの隣に腰を下ろした。

「あの、これはどういうことなんでしょう？」

ラシッドは史哉の不安を察したのか、やわらかい微笑を浮かべる。

「わからないか、フミヤ？　わたしたちの婚礼だ」

「えっ、婚礼？」

史哉は驚きのあまり目を丸くした。するとラシッドはさらに微笑を深める。

「アラビアン・ナイト風の婚礼ってことだろう。ユーセフにしては気の利いたことをする。あいつなりにわたしたちを祝福してくれるということだ。フミヤ、わたしと結婚するのはいやか？」

訊ねられたとたん、史哉は真っ赤になった。どきどきと心臓が激しく音を立て始める。

ラシッドはそっと史哉の手を握りしめ、静かに答えを待っていた。

「ぼくは、あなたを愛してます……でも……結婚なんて許されないのに……」

胸が詰まったようになり、それ以上続けられなくなる。

ラシッドは足りなかった言葉を補うように口を開いた。

「確かにこの儀式には法的な拘束力がない。おまえと本当に結婚するには、まず法の改正から始めなくてはいけないし、時間もかかるだろう。だがわたしはもうおまえだけが生涯の伴侶だと決めた。神にも誓おう。フミヤ、おまえはどうだ？　わたしと生涯共にあることを誓えるか？」

厳かに、念を押すように訊ねられ、史哉は、はい、と小さく答えた。

次の瞬間、ふいにラシッドに抱き上げられて、体が宙に浮く。そして史哉は、あろうことか、ラシッドの膝の上に横抱きされる格好で、噛みつくように口づけられる。

婚礼の儀式は史哉がラシッドの腕に抱かれ、散々キスを貪られている間に、着々と進んでいた。

祝いの言葉を伝えに、使用人が入れ替わり立ち替わり訪れる。皆両手いっぱいに花を抱え、それを部屋のあちこちに飾りつけていく。料理や飲み物を載せたお盆も運びこまれる。

史哉は人前でキスされていることに、かなり強い抵抗があったが、ラシッドは少しもかまわず舌を絡めてくる。息も絶え絶えになるほど貪られて、ようやく唇が離れる。

「みんな見てるのに、恥ずかしい……」

「何を言う。みんな花嫁が愛されていることを知って、嬉しそうにしているぞ」

「うそだ」

からかい気味に言われ、史哉は思わずあたりを見まわした。

ぎっしりと花で埋め尽くされた中で、使用人たちは本当に微笑みながら二人を見守っている。そしていつまでも新婚夫婦の初夜を邪魔してはいけない。そう申し合わせていたかのように、席を外していく。信じられない思いに目を見開いていると、再びラシッドに抱きしめられる。

今度のキスは深い官能を誘うものだった。

いつの間にか、婚礼の席は二人だけのものになっている。

ランプに灯された光が揺らめいていた。鼻孔をくすぐるのは花よりさらに甘い香りで、史哉は何故だか徐々に陶然となってくる。

クッションを重ねたやわらかい褥に横たえられて、逞しいラシッドに抱きしめられる。

甘く口づけられて、史哉は自分からラシッドの首にしがみついた。

舌が淫らに絡められると、痺れるような快感が全身に伝わる。

「フミヤ、愛している。わたしにとって、おまえがただ一人の花嫁だ」

「ラシッド……ぼくも……ぼくも愛しています」

史哉が答えると、ラシッドの手がそっと花嫁衣装に触れる。

胸元を覆っている、薄い羽のように透ける布地をそっとずらされる。次にラシッドの指がかけられたのは、凝った刺繍が施された、ビキニのトップのような胴着だ。それを下の方にずらされる。

女性のように豊満な胸はない。だからするりと簡単に乳首が露わになり、史哉は羞恥で身を震わせた。ラシッドは顔を覗かせた先端にそっと口づける。

左右交互に、ちゅっと音を立てて吸いつかれると、敏感な頂はすぐにぷっくりと勃ち上がる。

尖った場所を舌で押し潰すようにされると、体の芯でたまらない疼きが湧き起こった。

「ああ……あっ、あ……」

ラシッドがたわむれるたびに史哉は背中を反らせ、絶え間なく喘ぎ声を上げる。

「おまえは本当にかわいい。フミヤ、どうしてほしいか言いなさい」

「あ、もっと……」

「もっとってどこだ？　このかわいい乳首をもっと吸ってほしいのか？」

ラシッドは含み笑うように訊ねてくる。普段ならこんな恥ずかしい望みはとても口に出せなかった。でも今夜は何故か、いつもよりずっと体の芯が疼いてたまらない。

「ああ……なんか熱い……体中が燃えるみたいに熱い」

もっと他にもいっぱい触れてほしいのに、ラシッドは乳首だけに愛撫を加えている。もどかしさのあまり、史哉は淫らに腰をくねらせた。

「かわいいな、催促か、フミヤ」

「違……でも、でも体が変……」

「ああ、それはきっとあのランプで使っている香木のせいだ。甘い香りがするだろう。処女の花嫁のためにたく特別なものだ」

史哉はラシッドにしがみついたままで指差された方を見た。いくつもあるランプの中で、ラシッドが言ったものには灯火用の芯がなくて、代わりに口からは薄いピンク色の煙が立ち上っている。

「花嫁用に特別なオイルもある。それもあとで使ってやろう」

「やだ……っ」

史哉が怯えを見せると、ラシッドはすかさず宥めるように髪を撫でる。

「危険なものじゃないから心配しなくていい。花嫁に快楽を与えるためだけに使うものだ」

史哉はそれでも首を左右に振った。今でさえ我を忘れてしまいそうなのに、このうえ媚薬のようなものを塗られては、どんなに乱れてしまうことか。

ラシッドはそれきりでオイルのことは忘れたように愛撫を他の場所に移してくる。

極端なローライズで、今にも見えてしまいそうな下衣に手をかけられる。

「もうすっかり濡れているようだな、フミヤ」

「やあっ」

恥ずかしげもなく薄い布地を押し上げていたものを、上からすうっと指でなぞられ、史哉は腰を震わせた。

ぴったり薄い布に貼りつく感触から、いやでも先端から蜜をこぼしていることを自覚させられる。

ラシッドは下衣をほんの少しだけずり下げた。

ぶるっと卑猥に震えながら、張りつめたものが顔を出す。

「かわいいぞ、フミヤ。もういっぱい濡らしてわたしをほしがっているな。ご褒美にたっぷり舐めてやろう」

ラシッドは頭を下げ、いきなり先端の蜜を舐め取った。

「あっ、ああっ」

息がかかっただけで達してしまいそうになる。でもラシッドは先端で舌先を遊ばせているだけだ。

もう少しちゃんとした刺激がほしい。焦れたように腰を振ると、きゅっとラシッドの指で根元を絞られる。

「今夜は特別な夜だ。最初はわたしと一緒だ。ここにわたしのものをくわえるまで我慢してくれ、いいな」

「あ、くっ……ふ……」

布地の上から谷間を何度もなぞられる。

もどかしさで小刻みに震えていると、ラシッドの指はすぐ薄いズボンの中に潜りこんできた。

もともと危うい割れ目まで見えてしまいそうなほどだったのだ。まだ下衣は身に着けたままで乱されてもいないのに、ラシッドの指が中まで入りこんでくる。

「あっ、あああっ」

くいっと最初からねらったように弱い部分をひっかかれ、史哉はそれだけで極めてしまいそうになる。けれど根元はしっかりラシッドの手で押さえられている。解放を阻まれた熱は体内の奥深くまで逆流し、史哉をさらに惑乱させた。

ラシッドは史哉を横向きにして、指を入れた狭間に唇もよせてくる。

「あ……ふっ……うぅ」

熱い舌で入り口をなぞるように舐められ、史哉は激しく息を継いだ。

ラシッドの口でそこを愛撫されるのは、恥ずかしくてたまらない。何度経験しても羞恥で死にそうになる。けれど何度も唾液を送り、凍った孔を舐め解かすようにされると、神経が焼き切れてしまいそうなほど気持ちよくなってしまう。

「ああ……あ」

尖った舌は中にも潜りこんだ。体内でもっとも恥ずかしい場所。なのにラシッドはそこを堪能するように何度も何度も舌を差しこんで舐めまわす。

同時に前もあやされ、そのうえ乳首まで空いた手でいじられて、史哉は狂ったように悶えた。

「も、もうだめっ……だめぇ……っ」

がくがく体を揺らしながら、悲鳴を上げる。

「フミヤ、まだちゃんとほぐれていない。もっと広げないと、わたしのものはのみこめないぞ」

そう囁きながらも、ラシッドは下肢に埋めていた顔を上げ、史哉を抱き上げた。

「でも、もう達きたい……あなたのを……あなたのを入れてほし……っ」

朦朧となった史哉は羞恥も忘れてねだった。

自分からラシッドの足に乗り上げて、下半身をくねらせる。

まだ花嫁衣装は身に着けたままだ。でも恥ずかしい場所は全部露わになっている。

赤く熟れた乳首、天を向き蜜を滴らせている中心、そして太いものを求めてひくついている蕾。

すべてを誇示するように腰をくねらせる。

「それなら、自分でのみこんでごらん、フミヤ」

官能的な声で淫らにそそのかされて、史哉は熱い吐息をつきながらすがりついた。

ラシッドはすばやく自らの花婿衣装を乱す。そしていきり勃ったものを史哉に見せつけるように取りだした。

「あ、やっ、大きい……」

史哉がいやいやをするようにかぶりを振ると、薄いベールも一緒に揺れる。

「それならこれを垂らそう」

ラシッドは香油の入った瓶を取り、中身を全部自分の杭に垂らした。

「あ……」

「さあフミヤ、おまえの中に挿れてくれ」

再びぞくりとなるような声で囁かれ、史哉はそろそろと腰を浮かせた。

香木のせいか、恥ずかしさよりもラシッドの熱を受け入れたいという渇望が勝る。

足を淫らに広げ、香油にまみれてそそり勃っているものに自分の蕾を擦りつける。

「あっ、やあ……ああ……」

史哉は切っ先をあてがって、そろそろ体重を落とした。ぐっと太い先端が中にめりこんでいく。

恐くて思わず伸び上がると、ラシッドの手で双丘をつかまれ、ぐいっと下に引き下ろされる。

「あああ……あ、ああ……」

香油の滑りも借りて、灼熱の杭はどこまでも史哉の中に入りこんでくる。

これ以上ないほど深くまでのみこんで、史哉はぐったりラシッドの胸に倒れこむ。

力強く抱かれ、芯まで熱いものが挿っている。どくどくと中で感じる脈動は、愛する人のものだ。

そしてすがりついている胸も、抱きしめてくれる腕も、すべては史哉のものだった。

「愛している、フミヤ」

「あ、好き……あなたが好き……ずっとずっと離さないで」

「離すものか。これからはずっと一緒だ。たとえ神の手でも、わたしたちを引き離すことはできない。ずっとこうやっておまえを愛してやる」

「ああ、ラシッド……」

恋人……今はもう永久に伴侶となったラシッドが、誓いの口づけをする。
そしてゆっくりと灼熱をのんだ腰を揺らされる。
婚礼の儀式はまだ始まったばかりだ。これから二人で無数に愛の誓いを交わし合う。
ここから砂丘は望めない。
それでも運命の砂丘に暁が昇るまで——。

——END——

■あとがき■

こんにちは。はじめまして。秋山みち花です。

本書『運命の砂丘《デューン》』をお手に取っていただき、ありがとうございます。

まずタイトルに入っている『砂』の文字にご注目いただければと思います。はい、アラブものです。思いっきり砂漠です。砂だらけです。というわけで、以前、小説ショコラに掲載されたものに続編プラスのノベルスでしたが、楽しんでいただけましたでしょうか？

「アラブもの」ということで、今回の作品には秋山なりのこだわりがいっぱい入っております。

たとえば、個人的な好みで、主人公の王子様（攻め）は黒髪＆ブルーアイズでなければいけない。また主人公（受け）は、けなげな日本人でなければいけない。そして必ず王子様によって監禁陵辱され、さらに敵に拉致られて、危ないところを王子様に助けてもらわなければならない。

まだあります。えっちは天蓋つきベッドの他、夜の砂漠でも行わなければならない。それと忘れてならないのが「拘束＆媚薬＆お道具」のコンボ。基本です。

とにかくどれを外しても「アラブもの」にならない。結局、アラブって王道中の王道でなければいけない、ってことですね（笑）。

さて、こうして好きな王道ネタを詰めこんでできました『運命の砂丘』ですが、例によって秋山の脳内で架空の国を造り上げております。したがって、地理や歴史、生態系なども全部架空ということで、よろしくお願いします。

ノベルスのイラストは香雨先生にお願いいたしました。キャララフをいただいた時、王子様があまりにステキだったので、担当様と一緒になって何回もため息をついてました。悪役のマウリツィオもラフをいただいて、これがまたすんごくかっこよかったのです。担当様と「こんなかっこいいのに、悪役ってもったいないよね～」と言い合っておりました。出来上がりとても楽しみです。本当にありがとうございました。

それと秋山は『ＧＰＳ』というサークルで同人誌活動も行っております。夏のイベントでは番外編を集めた同人誌を発行しようと思ってますので、ご興味のある方は、サイトの方をチェックしてみて下さいませ。■http://www.aki-gps.net/

いつもお世話をおかけしている担当様、雑誌掲載でお世話になりました前担当様、ノベルス制作に携わって下さった方々、そして最後に、本書をお読み下さった読者様、本当にありがとうございました。ご感想などいただけると、とても励みになりますので、ぜひよろしくお願いいたします。

秋山みち花　拝

この本を読んでのご意見、ご感想をお寄せ下さい。
作者やイラストレーターへのお手紙もお待ちしております。

あて先

〒171-0021　東京都豊島区西池袋3-25-11 第八志野ビル5階
（株）心交社　ショコラノベルス編集部

運命の砂丘《デューン》

2006年8月20日 第1刷
© Michika Akiyama 2006

著　者：秋山みち花
発行人：林 宗宏
発行所：株式会社　心交社
〒171-0021 東京都豊島区西池袋3-25-11
第八志野ビル5階
（編集）03-3980-6337（営業）03-3959-6169
http://www.shinko-sha.co.jp/
印刷所：図書印刷 株式会社

落丁・乱丁はお取り替えいたします。